私の知らない色
イケメン女子の恋愛処方箋

橘いろか

JN130766

三交社

私の知らない色
イケメン女子の恋愛処方箋

第一章　オヤジ女子の憂鬱《ゆううつ》

「仕事が忙しすぎて恋愛できない」というのは女の都合のいい言い訳だ。

他人から「なんで恋愛しないの？」と、問われたとき、本当の理由がなんであれ、こう答えれば綺麗《きれい》に収まる。後はその裏付けに、どれだけ忙しいのかを実際の日常に二割以上話を盛って、大袈裟《おおげさ》にアピールすればいい。そして、仕事の愚痴《ぐち》を少しこぼせば完璧だ。

杉浦《すぎうら》美尋《みひろ》も恋愛していない女の一人だったが、ただし、それはあくまでも他人から見たときの解釈だった。

実際、美尋の日常は仕事に始まり、仕事に追われ、仕事に終わる。残業、泊まり込みに休日出勤も当たり前のようにある。つまり仕事漬けの毎日で、周囲がそう思うのはまったく不思議なことではなかった。

「美尋が恋愛できないのは、仕事が忙しすぎるからよ」

美尋が恋人がいないと言ったとき、もはや常套句《じょうとうく》として投げかけられる言葉だったが、美尋はこれを聞くたびに、密かに安堵《あんど》していた。

しかし実際のところ、美尋が恋人を作らない本当の理由は、別にあった。

時計の針は二十一時を回っていた。美尋は凝り固まった肩をほぐすため、首をゆっくりと左右交互に傾《かたむ》け、天を仰ぎ見るように回す。最近肩こりがひどくて、根を詰めると、気分が悪くなりそうになる。

口も隠さず大きなあくびをすると、美尋は小さくうなって伸びをした。

「今日は早く帰るんじゃなかったのかよ？」

突然背後からかけられた声に、椅子の上でバランスを崩しながら、美尋は慌てて振り向いた。

「いたの？　驚かさないでよ」

休憩スペースからのっそりと姿を見せたのは、美尋の同僚でデザイナーの眞辺《まなべ》隼人《はやと》だった。

二人が勤めるのは、名古屋市中区《なごやしなかく》に立ち並ぶオフィスビルの一室にある、アートプレイデザインというデザイン会社だった。

美尋は入社当初はデザイナーだったが、現在はデザインマネージャーとして、主にクライアントと打ち合わせをして要望を聞いたり、デザイナーに業務を割り振ったり、スケジュールを管理したりする仕事をしている。ここのところ眞辺と組む仕事が増え、気がつけば、今抱えている案件のほとんどに一緒に携わるようになっていた。

この会社に入社したのは美尋が先だが、ほかのデザイン事務所から二年前に転職してきた眞辺のほうが、キャリアも年も上だった。

「いちゃ、わりーかよ」

眞辺はあくびをしながら、パーマのかかった暗めの茶髪頭を無造作に掻《か》く。眞辺の口の悪さは、いつものことなので、美尋は気にせず答える。

「悪くないけど、向こうで寝てると思ったから」

昨日、眞辺はほとんど徹夜状態だった。デザイナーというと、華やかな職種に思われがちだが、内実は締め切り仕事の連続。徹夜は茶飯事のため、休憩スペースに置かれたソファは仮眠用ベッドとして機能していた。

「めちゃくちゃ眠い。でも、やんねぇと」

眞辺は「やるか」と自ら気合を入れると、美尋の斜め向かいのデスクの椅子を引いた。

取りかかろうとしているのは、急に変更が入った雑誌の特集記事だった。明朝までに誌面の修正案を提出しなければならず、今夜も泊まりになるのはほぼ確実だった。

「やっぱり私も残ろうか？」

そろそろ帰ろうかと思っていたところだったが、後ろめたくて美尋は声をかけた。

クライアントからの修正内容は打ち合わせ済みで、ここからはデザイナーに任せるしかないことはわかっていたが、帰りづらかった。

しかし、眞辺は「帰れ、帰れ」とパソコンのモニターから目を離さず、頭の上で手を振った。

「今日は予定があるんだろ？」

眞辺の言葉に美尋は目を丸くした。実際、予定はあったが、仕事のためならやむを得ないと思っていたからだ。

「そうだけど……」

戸惑いながら返事をすると、眞辺は口の端を上げる。

「久々の……女子会ってとこか？　しかも、今日はなんか特別なんだろ？」

眞辺の予想は的中していた。今日の飲み会は、親友の婚約祝いを兼ねたものだった。

「……なんで知ってるの？」

美尋がたずねると、眞辺はなんでもないことのように言う。

「服装、いつもと雰囲気違うし。それに朝からワインボトル引っ提《さ》げて来てたし」

「あ、それで……。すごい観察力」と、美尋は思わずうなずいた。

たしかに今朝は、親友へのプレゼント用に、デパートで綺麗にラッピングしてもらったワインボトルを持参して出社した。でも、その後、紙袋はずっとデスクの下に置いたままだった。きっと、美尋の出社時の一瞬で気がついたのだろう。

　美尋は感心して腕を組む。

「その観察力って、やっぱりデザイナーだから？」

「はぁ？　なんで？」

「だって、いつも周りのデザインとか、ロゴとか気にしてるからかなぁって。私も気になるけど、眞辺はそれ以上でしょ？」

「……ああ、そういうことか。言われてみりゃそうかもしんねぇけど」

　眞辺は軽く受け流しながら、手元のペンタブレットで操作を始めた。

「ふーん、やっぱりね。私は綺麗な色を見ると興奮する」

「へぇ……変わった性癖」

　眞辺が馬鹿にしたように言ったので美尋は睨《にら》んだ。すると、眞辺は変わらずモニターを見たまま、話をそらした。

「お前、友達少ないだろ？」

「うるさいな。忙しいからこれくらいでちょうどいいの」

　美尋が少しムキになるのを見て、眞辺がせせら笑う。

「出た出た。友達少ない、仕事が忙しい、彼氏はいない。結婚できない女の典型だな」

「典型？　やめてよ。友達少ないのも、仕事が忙しいのも、彼氏がいないのも、全部自分で決めて、選んだことなの。結婚できないんじゃなくて、まだ考えてないの」

美尋は必死に訴えながらも、どこかであきらめていた。ただの言い訳や負け惜しみにしか聞こえないことは、何度も経験してきたことだ。

ため息を押し殺して美尋が立ち上がると、眞辺は意味深な笑顔を見せた。

「貴重な友達から、少しでも女子力吸収してこいよ。お前、最近オヤジ化してるし」

「は？　オヤジ化⁉」

美尋は気色ばむ。女らしいとは思っていないが、服装やアクセサリーにはそれなりに気を遣っている。オヤジという評価は美尋にとって聞き捨てならないことだった。

「シェーバー、貸そうか？」

「髭《ひげ》、剃《そ》ったほうがいいんじゃね？」と、眞辺は自分の鼻の下を撫《な》でた。

「どういう意味？」

「生えてないわよ！」

「おっかしいなぁ。俺には見えるのに」

そう言って、眞辺は目を細めて美尋の顔を見た。

「残念でした。私だってエステくらいは行ってます」

美尋はまるで子供のケンカのように、斜めに顎《あご》を突き出して眞辺を睨んだ。そのエステがどれくらい前のことなのかは言わなかった。

「じゃあ悪いけど、〝女子会〟行かせてもらいます！」

美尋がバッグの紐《ひも》を掴《つか》んで肩に掛けるが、眞辺はニヤニヤとしながらまだ話しかけてくる。

「と、言いつつじつは男だったりしてな。今日の服装、やけに気合入ってるし。〝デキる女〟って感じ」

「勝手に思ってれば？　別に服装だって普段と変わらないから」

美尋は眞辺から顔を背《そむ》けた。「だいたい私の服装に興味なんてないくせに」と呟《つぶや》きながら腕時計を見ると、すでに待ち合わせまであと十五分ほどになっていた。

「ごめん、ホントにもう行く」

椅子をしまって、ワインボトルの入った細長い紙袋を手に取ると、美尋は「何かあったら連絡して」と言って、事務所を小走りに移動する。そして、身体がドアを通過したところで半歩引き返した。

「言っとくけど、女子会だから！」

美尋は念を押すように叫ぶと、眞辺の返事を待たずに急いでエレベーターに向かった。

外に出ると、秋とは名ばかりの生温かい風が頬を撫でた。今年は残暑が厳しくて、この時間になってもアスファルトに熱がこもっている。半袖姿の人もまだ多く、秋の訪れを感じるのは、しばらく先になりそうだった。

「結婚できない女の典型か……」

美尋はふと眞辺の言葉を呟いていた。

さっきはとっさに反論したものの、このままでは本当に結婚できない女になる可能性があった。理由は明白だ。美尋は結婚以前に、恋愛を拒んでいるからだ。

もしもお互いを想う気持ちだけで恋愛が成立するなら、自分にも誰かと付き合うことができるかもしれないと思う。けれども、考えるまでもなく、大人の恋愛はそれだけでは成り立たない。

美尋はそれ以上考えるのが嫌になって、ため息をついた。自分がこのままでいいとは思わないが、どうしようかと考え出すと、いつもこうやってため息しか出てこない。くしくも、今夜は友人の婚約祝いに出かけるのだ。曇った顔をしていくのは嫌だった。

美尋は夜空を見上げて気を取り直すと、待ち合わせをしている友人にメッセージを送ってバス停へと急いだ。

錦通《にしきどおり》には居酒屋やクラブ、スナックなど、見渡す限り飲み屋が連なっている。夜になるとそれぞれの店に電飾が灯り、群がる虫を惹《ひ》きつける蛍光灯のように、人々を誘い込んでいた。美尋はそんな中、赤提灯がのん気《き》に灯る居酒屋に入った。

「こんばんは」と、暖簾《のれん》から顔を出すと、威勢のいい店主の声が響いた。

アルバイトの店員が案内をする前に、カウンターから店主が顎を使って「奥、奥」と忙しく手を動かしながら言った。美尋は小さく頭を下げると、慣れた動きで靴を脱いで靴箱にしまった。

店は満員御礼。美尋が入った後も、店主の声が次の客を出迎えている。この居酒屋が今日の〝女子会〟の会場だった。

お洒落《しゃれ》な雰囲気とはかけ離れた煙たい店だが、古びた畳に、障子と襖《ふすま》で仕切られた個室は来るたびにホッとさせてくれる。店主も気さくで、料理が美味しい。美尋にとってはお洒落さよりも、気取らない料理と美味しいお酒があれば、それでよかった。こんなことを眞辺に知られたら、また〝オヤジ〟と言われかねないと、美尋は思う。

美尋は今年二十八歳になる。三十路に近づくにつれ、〝女子〟という言葉を気安く口にしていいのかとためらい始めた。会社でも自分より年下の女の子が「女子」と言った後では、自分のことをどう言っていいのか、わからなくなることがある。

しかし昨今、女は何歳であったとしても、自分を〝女子〟と言うようになった。そして、それは女の間だけでなく、半ば男にも押しつける形で、世の中の暗黙の了解になりつつある。女性には、そういう都合のいいルールがいくつも存在するのだ。

「せめて〝オバサン〟でしょ」

美尋が独り言を呟きながら、個室の襖を開けると、中から「お疲れさま」と明るい声に出迎えられる。御座敷で女神のような微笑みを見せるのは、美尋と同い年で親友の有田優香《ありたゆうか》だ。

二人の出会いは大学生時代にさかのぼる。学校は別だが、同じうどん屋でバイトをしていたことがきっかけで出会い、すぐに意気投合した。卒業後、二人とも名古屋市内で就職したため、今もこうして付き合いが続いている。

「遅くなってごめん。だいぶ待ったでしょ？」

「大丈夫。家に一度帰ってきたし、美尋の遅刻も織り込み済みで、ゆっくり来させてもらったから。美尋こそ、忙しいのにごめんね」

「優香が謝らないでよ」

美尋はバツが悪くなったが、優香がそれにも「ごめん」と謝るのを見て、笑顔になる。

「とにかく飲み物頼もう。仕事終わって、喉渇いてるでしょ？　美尋は生《なま》だよね。お料理は何にする？」

優香は美尋にメニューを開いて見せた。

「焼き鳥。レバー多めで。軟骨の唐揚げとモツ煮も食べたい。後は優香にお任せ」

美尋はメニューを見ようともせずに、自分の気に入っているメニューだけをつらつら挙げた。仕事仲間との飲みや合コンではこうはいかないが、親友と二人きりなので気を遣う必要もない。

「味の濃いものばっかり。サラダも頼むからね」

優香は朗らかに笑うと、じっくりとメニューを眺めてから店員を呼び、美尋のリクエストに加えて、サラダや豆腐料理などをバランスよく注文した。

「優香、絶対いい奥さんになるね」

お世辞ではない。美尋は噛みしめるように「婚約、おめでとう」と、心からの笑顔で伝えた。優香は美尋の言葉に、はにかんだような笑みを見せた。

優香の相手は商社勤めの五歳年上の彼氏。二年半の交際を経て、先日、結婚を決めたばかりだった。

「優香が結婚かぁ……すごいなぁ」

美尋はテーブルに頬杖をついて優香を見つめた。結婚が決まって、優香は自分にない煌《きら》びやかなオーラを放っているものだと思っていたが、いつもと何も変わっていないように見えた。

「すごくないよ」

優香は謙遜《けんそん》して小さく頭を振った。

「ううん、すごいよ。私が男だったら、絶対優香と結婚する」

美尋が羨望《せんぼう》の眼差しで見つめると、優香も「私も美尋が男だったら美尋と結婚する」と、冗談めかして返した。

「何よ、そう言いながら、高梨《たかなし》さんと結婚するくせに」

美尋が冷やかし交じりに唇を尖《とが》らせると同時に、襖が開いて飲み物が届けられた。

「改めまして」と、美尋はジョッキを握り、姿勢を正した。

「結婚おめでとう」

二人は静かにグラスをぶつけた。もっと若ければ店中に聞こえるくらいの大声ではしゃいでいたのかもしれないが、今の二人にはこれくらいがちょうどよかった。

「これ、高梨さんと飲んで」

美尋はグラスを下ろすと、例のラッピングされたワインを優香に手渡した。以前優香から、彼はワイン好きだと聞いたことがあったのだ。

優香はお礼を言うと、自分の脇に丁寧にしまった。

まもなくテーブルに料理が並び始める。箸と一緒に会話も弾む。もちろん、話題は優香の結婚についてだった。

「仕事、辞めるんだ？」

二杯目のビールを注文し終わった頃、美尋はそう言って目を丸くした。

優香は現在、東海地方に支店を多く持つ東海第一《とうかいだいいち》銀行に勤めている。資産運用の相談業務が主な仕事で、そのための勉強も惜しまずしてきた。その結果、知識も豊富で、多くの顧客から頼りにされる存在になっていた。

けれども、彼と彼の両親の希望もあり、結婚を機に退職し、専業主婦になるのだという。

「そっか。高梨さん、一流商社に勤めてるんだもんね。優香が働かなくても、収入面は問題なしか」

「そうかもしれないけど……」

そう言って、優香は困ったように笑うと、ビールが入ったグラスに口を付けた。

「それにしても優香が生って、珍しいね。もしや、結婚決まって解禁にしたの？」

美尋は笑いながら、自分のグラスを口に運んだ。

優香は普段はサワーしか注文しない。一方、美尋が生ビールなのは定番で、いつも優香がサワーを一杯飲む間に三杯目に突入する。しかし、今日は優香のペースが速いのか、美尋はまだ二杯目なのに、優香のグラスはほぼ空だった。

「……美尋みたいになってみたかったの」

「私？」

美尋は訳がわからず、素《す》っ頓狂《とんきょう》な声を上げた。

「何それ？　優香が私に？」

美尋が笑うと「そうよ」と、優香も笑った。

「自分のやりたい仕事に就いて、実績を残して……仕事上がりに、豪快にビールを飲むの」

優香は夢を見るような瞳で、頬杖をついて火照った顔を手のひらで支える。

「いいな……デキる女って感じ」

彼女の口角がふわりと上がる。しかし、その笑顔はどこか儚《はかな》げだった。

「そんなことないよ」

美尋が視線を落として首を横に振ると、優香は突然、「そのスカーフ、素敵」と、美尋の胸元に視線を送った。

「そんなふうに素敵に使いこなせるの、美尋だからだよ。私なんて絶対無理」

「何言ってるの？　こんなの誰だってできるじゃない」と美尋は胸元のスカーフを摘《つ》まんで、ひらひらとさせながら笑った。

「できないよ。私には似合わないし。私なんかがしてたら笑われちゃう」

「そんなことないよ」

美尋はスカーフをわざと雑に扱うように、結び目を少し緩めて形を崩した。優香はいつも美尋を手放しで褒《ほ》めてくれるが、なんだか今日はいつもと雰囲気が違って、居心地が悪かった。

「私……デキる女なんかじゃないよ。正直に言うと、そう見せてるだけ。仕事は好きだし必死にもなるけど、空回りすることも多いし、頭を下げて回ることだってしょっちゅうよ。だからこうやってスカーフ巻いて虚勢を張ってるの。……あーあ。秘密だったんだけど、優香には言っちゃった」

美尋が観念したかのように上を向いて身体をのけ反らせると、「そういうところもカッコいいんだから」と、優香は羨《うらや》ましそうに言った。

「でもさ、〝デキる女〟って……誉め言葉?」

美尋は身体をテーブルに戻し、肘をついた。すると、優香が前のめりになってうなずく。

「当たり前じゃない。私、そんなふうに言われたことないもん。一度でいいから言われてみたい」

「ふーん、そういうものかな。私も最初は嬉しかったんだけど……」

たしかに最初は誉め言葉だった。しかし、最近ではそれを素直に受け止められず、複雑な気持ちになることがある。自分にはそれしか取り柄がないのかもしれない、と考えてしまうのだ。

優香は言われたことがないと言うが、彼女はそれに代わる誉め言葉をもらっているはずだ。『優しい』とか『可愛い』とか、『綺麗だね』とか。女であることをたくさん褒めてもらっているに違いない。そう思った美尋は、あることに合点がいった。

「でも、〝デキる女〟が進化すると、〝オヤジ〟になるらしいよ？」

「オヤジ？」

優香は眉間に深い溝を作りながら、顔をしかめた。

「そう、オヤジ。言われたのよ、今日。お前は〝オヤジ〟だって」

「誰がそんなこと……」

優香は眉をひそめる。優香からしてみれば、そんなことを女性が言われるなんて、信じられないのだろう。

「職場の同僚。デザイナーなんだけど、口が悪いの」

「なんで美尋がオヤジなの？　綺麗だしお洒落なのに」

「髭が見えるらしいよ」

美尋は鼻の下を伸ばして優香に顔を見せた。彼女は身を乗り出して美尋の顔に近づくと、目を凝らして髭を探した。

「生えてないけど」

「でしょ？　永久脱毛してるもん。腕の処理のとき、おまけで付いてきたの」

美尋は鼻の下を撫でながらため息をついた。

「仕事のしすぎだって」

美尋が眞辺の言った言葉の意味を説明すると、優香は「ああ、そういうこと」と、小さくうなずいた。

納得したような優香の苦笑いに、美尋も苦笑いを返すしかなくなる。笑いながらテーブルに届いたばかりの焼き鳥のレバーを口にした。焼き加減がちょうどよく、身がふわりとしていて美味しい。美尋はレバーの味を噛みしめながら、優香の肌を盗み見た。

久しぶりに会った親友の肌を見ていると、眞辺の言ってることも無下に否定できなくなる。

目の前の優香の肌の艶《つや》やハリは、自分と同い年だとは思えなかった。丹念に手入れされた彼女の肌は、その奥まで透き通りそうなくらい、白くてキメが細かい。古い蛍光灯の下でも、自分の肌との差は歴然だった。

規則正しい生活をして肌をいたわっている優香とは逆に、美尋は徹夜でメイクも落とさず翌朝を迎えることもある。気をつけてはいるが、メイクを落とすよりも睡眠時間を確保するほうが、美尋にとっては優先順位が上だった。

過度な睡眠不足は明らかに仕事のパフォーマンスを下げるが、メイクが崩れていたって、最悪ノーメイクだって仕事はできる。

「はぁ……私、ホントにオヤジかも」

美尋は手のひらで顔を覆った。

最終的に自分の思考が眞辺の言葉を肯定するものになってしまい、うなだれるしかなかった。

気を取り直して美尋は顔を上げた。

「ごめん、もう私の話はいいから優香の話にしよう。今日は女子力を吸収していくのも任務だったんだ」

「その彼に言われたの？」

美尋はうなずきながら再びグラスを口に運んだ。

認めたくはないが、少しでも〝オヤジ化〟の進行を防ぐためには、眞辺の言うとおりにしておいたほうがいいのかもしれない。美尋は話を聞く態勢に入ったが、優香は表情を明るくして身を乗り出した。

「私のことより美尋の話が聞きたいな。ねぇ、美尋は相変わらずなの？」

「えぇ？　今日の主役は優香でしょ」

美尋がそう言っても、優香は聞く耳を持たない。「どうなの？」とさらに身を乗り出す。

「……相変わらず。まったく」

美尋の『相変わらず』とは、言うまでもなく恋愛のことだ。もう少し噛み砕けば、彼氏も、好きな人も、気になる人もいないということだ。

「そっか……」という優香の反応はいつものことだが、今日は間を置かずに口を開いた。

「そのデザイナーさんはどうなの？」

予想もしていなかった優香の言葉に、美尋は一瞬言葉に詰まった。優香はお構いなく続ける。

「『仕事のしすぎ』って……それ、彼の優しさなんじゃない？」

美尋は事務所での眞辺の素っ気ない態度を思い出した。答えは考えるまでもない。

「まさか、ないない」と美尋は首を横に振りながら笑った。

美尋にとって、眞辺はそういう対象ではなかった。背が高く、端正な顔立ちの眞辺は、世間的には〝いい男〟の部類なのかもしれない。だが美尋にとっては、あくまでも仕事仲間にすぎない。二人の間には、常に『仕事』があって、今までそれ以上の何かを感じたことはまったくなかった。

話題が眞辺のことになったので、美尋は彼が雑誌の修正で徹夜になりそうなことを思い出した。思わず「そういえば、できたかな……」と言葉がこぼれ、腕時計に目をやる。

そんな美尋の様子を見て、優香がたずねる。

「デザイナーさんのこと?」

「うん。急ぎの仕事を彼に任せて、先に帰らせてもらったんだけど」

美尋が腕をテーブルから降ろすと、優香がにこりと笑った。

「気になるなら行ってみたら?」

「別に……明日の朝でもいいから。今日はお祝いだしね」

美尋が空になりかけのグラスを口に運ぶと、優香はそのグラスを奪い、「ほら、ちょうどいいタイミング」とテーブルに置いた。

「私なら十分お祝いしてもらったし、明日の朝って言ったって、気になって眠れないんじゃないの?」

クスクスと笑う優香に対して、美尋は言葉を詰まらせた。彼女の言うとおりだった。こと仕事における美尋の眞辺に対する信頼は厚い。だから仕事の仕上がりに不安があるわけではない。ただ、彼女自身の問題だった。完成したものを見ないうちは、緊張感から解放されず、結局眠ることができないのだ。

それに、徹夜が続く眞辺の体調も気になった。デスクで突っ伏して眠り込んでいてもおかしくない状況だ。美尋は悩んだ挙句、優香の押しに負け、その場をお開きにして会社に戻ることにした。

外の生温い風は、酔った身体を冷ますには少し頼りなかった。けれど、心地よく美尋の背中を押してくれるようだった。

「優香、終電、間に合う？」

優香は同じ名古屋市の瑞穂《みずほ》区で一人暮らしをしている。住んでいるのは桜山《さくらやま》駅が最寄りの綺麗なアパートで、儚げ美人の優香にはぴったりだった。美尋が心配すると、優香は「大丈夫、走るから」と言って、地下鉄の駅へ向かって歩き出した。

地下へもぐる階段の前で、優香が振り返って美尋に手を振った。

「じゃあ、またね。美尋、頑張ってね」

「ありがとう！　高梨さんによろしく！」

美尋も手を振り返した。優香の後ろ姿が見えなくなると、飲み屋の電飾をかき分けて再び仕事場への道を引き返した。


ひしめき合うように並ぶオフィスビルたちも、この時間になると静けさを取り戻し、翌朝に控えて眠り始める。

美尋は仕事場に戻る前にコンビニに寄った。きっと、眞辺のことだ。買出しに行く時間すら惜しんで作業に没頭しているか、力尽き果て仮眠を取っているかのどちらかだろう。いずれにしても、夕食は取っていないに違いないと思った。

早くもレジの横ではおでんが売り出されていたが、夏の名残がある今は、手を伸ばす気にはなれなかった。代わりに美尋は、おにぎり二つと唐揚げを買った。

コンビニを出てビルに到着すると、正面玄関を通り過ぎて、脇の夜間通用口から中に入る。エレベーターに乗り込んで到着を待つうちに、夜中であっても、気持ちが仕事モードに切り替わってくるのを感じた。もたれかかっていた背中を壁から離し、ドアが開くと同時にフロアに出た。

静まり返った廊下を横切って事務所に入ると、奥にぼんやりと明かりが見えた。出入り口から三つの部屋に区切られた、一番奥がデザイン部だ。そこに美尋と眞辺の席がある。

驚かそうと思ったわけではないが、室内の静けさに遠慮して、美尋は靴音を立てないように静かに歩いた。最後の仕切りを越える間際に、奥から眞辺の声がした。

「……もう勘弁してくれよ」

「勘弁してくれって何が？　どうしたの？　上手くいってないの？」

不穏なセリフに、美尋がギョッとしてパーテーションの陰から飛び出すと、眞辺は慌ててスマホを耳から離した。

「あ、ごめん、電話中だった？」

美尋が口元を押さえて一歩下がると、眞辺は「いや、もう切れている」とスマホの画面をデスクに伏せた。

「どうしたの？　もしかしてまた修正？」

クライアントからの修正依頼は、入稿直前まで何度あってもおかしくない。依頼を受けて修正したものに、まったく別の修正指示が入ることもある。全変え、つまり、すべてやり直しになることも珍しくない。

そんな嫌な想像が、瞬く間に美尋の頭の中を巡り、眞辺が伏せたスマホにちらりと目をやった。

しかし、そんな美尋の心配をよそに、眞辺はいつもの無表情を顔に貼り付け、モニターに顔を向け、手を動かし始めた。

「何かあったの？」

問いかけに答えない眞辺に、もう一度たずねると、「なんにもねぇよ」と素っ気ない返事が返ってきた。

「……大丈夫？　間に合うよね？」

いつもの眞辺と少し様子が違うような気がして、念を押した。すると眞辺は余裕たっぷりで、ゆっくりと首を左右に回した。

「バーカ。俺を誰だと思ってんだよ。そんなことより、なんで戻ってきたんだよ？」

どうやらクライアントからの新たな指示ではなかったようだ。美尋は安堵して、眞辺の質問に答える。

「気になっちゃって」

「気になるって……俺のこと？」

「まぁ……徹夜続きだし、寝てるんじゃないかとも疑ってた。でも、大丈夫みたいだけど。何か食べた？」

美尋は眞辺の背後に回り込み、コンビニの袋をデスクに置いた。

「サンキュ」

眞辺が袋を開けると、周囲に唐揚げのいい匂いが広がった。

「あー、ビール。ビールが欲しい」

匂いに触発されたのか、大声で叫ぶ眞辺に、先ほどまでビールを飲んでいた自分が申し訳なくなる。

「ビール以外で何か飲み物入れようか？　コーヒー？　お茶？」

「……お茶。胃に穴開きそう」

「じゃあ、ほうじ茶淹《い》れるね。あ、スープとかもあったんじゃないっけ？」

美尋は部屋の一番隅にある給湯スペースに移動して、戸棚の中を物色した。このフロアの給湯スペースにはＩＨのクッキングヒーターも備えつけられていて、簡単な調理なら可能になっている。社員の徹夜が当たり前になるにつれ、鍋や食器などの調理器具が増えていき、いつの間にか充実したキッチンになっていた。

「何かほかに欲しいものある？　あれば買ってくるよ？　ビール以外」

眞辺は酔うとすぐに眠くなるタイプの人間だ。飲ませるわけにはいかない。美尋はほうじ茶を淹れる準備をしながら、眞辺に背を向けたまま声をかけた。

「欲しいものねぇ」

「うん、何かある？」

「そうだなぁ……」

眞辺の考え込む様子に耳を澄ましていると、眞辺が言った。

「人肌」

思わず振り向いてしまい、美尋は急須に移そうとしていたお茶の葉をカウンターにこぼした。

「……悪いけど、それは買って来られないから」

眞辺のいる辺りをうっすら睨み、こぼれたお茶の葉を片付けてお茶を淹れ始める。

「お前はさ、欲しくなんねぇの？」

眞辺の声が聞こえてくる。美尋はすぐには返事をしなかった。

「……どうだろう」

無視したほうがよかったかもしれない。答えた後に後悔した。

「どうだろうって、なんだよ？」

思ったとおり、眞辺が突っかかってきた。

「なんだよって、何よ」と言い返しながら、美尋は眞辺の席に淹れたてのほうじ茶を運んだ。

「それより、ちゃんと手は動いてるの？」

眞辺の握るペンが、タブレットの上で滑らかに動いているのはわかっていた。しかし、そうでも言わないと間が持たなかった。

「で、どうだろうって？」

眞辺はしつこく話を蒸し返す。美尋は心の中でため息をついた。

「話してたら気が散るでしょ？　私も自分の仕事するから」

「逃げるなよ」

「逃げてない。それを優先してほしいだけ。一応今、眞辺の仕事を管理してるのは私だからね。それに、この仕事が終わったって、すぐ次があるんだから。次の仕事の締め切りが前倒しにでもなったら、ホント帰れなくなるかもよ」

「だったらここにベッドでも置くか」

「そんなことしたら寝るでしょ。仕事になんない」

「だよな」

おかしそうに喉で笑う眞辺を、美尋はため息をついて見下ろす。

「何か手伝えることあれば言って」

「逃げた」

「しつこい」

美尋は眞辺の斜め向かいの自分の席に座り、わざとモニターの陰になるように椅子の位置を少しずらした。

「教えてくれなきゃ、続きやらねーとか言ったら？」

マウスと違ってペンタブは使用中もほとんど音がしないので、脅迫めいた言葉のとおり、眞辺が手を止めているのかはわからない。しかし、美尋には確信があった。

「眞辺はそんなことで仕事やめたりしないもん」

子供じみた言い方で返事をしながら、納期が迫っている別の案件の資料をデスクの上に広げた。

「なんでそう思うんだよ」

「私、仕事の上では眞辺のこと、尊敬してるから」

すると、妙な間が空いた。

「……へぇ、そりゃ初耳だな」

そして、再び沈黙が訪れる。小さな間はそのまま延長して静けさに変わり、二人の間を埋めながら消えてなくなった。二人は何事もなかったかのように、それぞれの仕事に集中し始めた。

夜中の眠気を伴う作業は続けているうちに、時間の感覚が麻痺《まひ》している。数十分が数時間に感じられ、またその逆も然《しか》りの状況だ。眞辺のあくびの声が聞こえ、「大丈夫？」と、心配しながら自分も眠気覚ましに頭を振る。

「大丈夫じゃねぇけど、お前まで起きてることねぇだろ」

「そうだけど。こうやって話していれば、眞辺の眠気も少しは覚めるでしょ」

「へぇー、献身的」

「仕事のためよ」

美尋がため息をつくと、眞辺は眠気覚ましにコーヒーを淹れると言って席を立った。

「俺たち、仕事のしすぎだよな」

しばらくして戻ってきた眞辺が、美尋の前にカップを置いた。ほろ苦い香りがゆらゆらと揺れ、顔を近づけて吸い込むと、インスタントではない深みのある芳香が鼻腔《びこう》をくすぐった。美尋のお気に入りのドリップコーヒーだった。

「ありがとう」

お礼を言ってカップを両手で包むと、眞辺が隣のデスクに腰かけた。コーヒーを冷ます二人の息遣いまで、お互いに聞こえる近さだ。

「なぁ杉浦、今度時間作ってメシ行かねぇ？」

「メシ？　いいよ。焼肉でしょ？」

焼肉が二人の食事の定番だった。だからそう言うと、眞辺はわざとらしくため息をついた。

「毎回焼肉って……色気ねぇなぁ」

「いいじゃない。私、焼肉好き。なんだか話してたらホントに食べたくなってきた。でも、しばらく行けないかもよ？　ほら、また新しい案件……」

コーヒーカップを片手に何気なくメールボックスを開くと、ちょうど新規のメールを受信した。美尋はメールの冒頭を確認し、思わず目を疑った。

「四葉《よつば》エージェンシー……。えっ⁉　ねぇ、四葉エージェンシーからメールだよ」

興奮のあまり、カップの中でコーヒーが踊り、こぼれそうになる。美尋は慌ててカップをデスクの端に置くとモニターに顔を近づけ、もう一度送信元を確認した。

四葉エージェンシーは、デザイン業界では知られた大手の広告代理店だが、今までアートプレイデザインとの取引はない。美尋にとっても無縁の企業だった。

「四葉エージェンシー？　四葉がなんでうちに？」

眞辺もデスクから立ち上がって、隣からモニターをのぞき込む。

「四葉エージェンシーの……倉田《くらた》さん。倉田涼平《りょうへい》だって。男の人だね。眞辺知ってる？」

「クラタリョウヘイ……？」

眞辺は首を傾げながら繰り返した。美尋も同じく首を傾げると、「あ、あいつか……」と、眞辺が何かを思い出したように呟いた。

「知ってるの？」

「夏に東京《とうきょう》でやったデザインフェスで会ったかも」

デザインフェスは東京や大阪《おおさか》など大きな会場で年数回ほど行われる、その名のとおりデザインの祭典だ。アート、グラフィック、イラスト、写真、工芸など、さまざまなジャンルの作品が展示されていて、大勢の人間が出入りする。

企業に限らず個人も出展可能で、会場に出入りしている企業の目に留まれば、商品化などの大きなチャンスを掴むことができる。アマチュアのデザイナーにとっては登竜門であり、プロにとっては刺激の場であり、企業にとっては売り込みと同時に発掘の場にもなり得る、まさに夢の祭典だと美尋は思っていた。

そして今年の夏は、アートプレイデザインも自社の宣伝のために小さなブースを借りた。展示したのは、今まで商品化したパッケージデザインやポスター、ポストカードなどのグラフィック作品で、眞辺が手がけた作品も多かった。

アートプレイデザインが参加したデザインフェスの開催期間は土日の二日間だったが、来場者数は五千人以上だったらしい。倉田という男も、来場者の一人ということなのだろうか。

美尋も開催されるたびに勉強の場として足を運んでいたのだが、あいにく今回は納期が迫る案件につきっきりだったために叶わなかった。

一方、自身の作品を展示した眞辺は会場に出向き、社員数人と交代しながらブースに立ち合っていた。おそらく、眞辺はそこで倉田という人物に出会ったのだろう。

眞辺とその人物との繋がりはわかったが、まだ疑問が残った。

「でも、なんで……私のこと、知ってるんだろ？」

メールは美尋宛に届き、宛名も美尋の苗字である【杉浦様】となっている。すると眞辺が、コーヒーをすすりながらあっさりと白状した。

「声をかけられたとき、自分の名刺を切らしてて……お前のを渡した。俺の担当だって」

「私の名刺を？　私が眞辺の担当？」

美尋はマネージャーとしてデザイナーの仕事の管理はしているが、別に誰か特定のマネジメントを担当しているわけではない。

美尋が首を傾げると、眞辺が睨んでくるので、首を真っすぐに戻して、メールの続きを読んだ。

メールには簡単な挨拶と、今後ぜひ一緒に仕事をしたいという旨が書かれていた。

「ってことは、この人、眞辺のデザインを気に入ってくれたってことだよね？」

名刺を勝手に使われたことは頭から消え去り、美尋が弾んだ声で言うと、意外にも眞辺は「さぁ」と気のない返事をよこした。

「さぁ、じゃないでしょ⁉　これってすごいことだよ！　本当に四葉から仕事来るかもよ？【また改めて連絡させていただきます】だって。明日かな？　あ、もう今日だよね」

「なんだよ、そのテンション」

美尋の顔は、真夜中だというのに花が咲いたように明るい。対照的に眞辺は、深夜にふさわしい影を顔に作った。

「だって、すごいことじゃない！　それに、誰かが眞辺のデザインを気に入ってくれたってことが嬉しいの」

美尋は声を大にして言った。そして、胸の高鳴りを抑え切れないまま画面をゆっくりとスクロールして、何度もそのメールを読み返した。

「この人もこんな時間まで仕事してるんだね……」

美尋はしみじみと言うと、「お疲れさまです」と呟いた。すると、横から眞辺が美尋に向かって身を乗り出してきた。

「俺も疲れてるんだけど？」

「そうだね。お疲れさま」

美尋は眞辺にもねぎらいの言葉をかけたが、眞辺は不満気に美尋を睨み、カップを手に自分の席に戻っていった。

「メール、返信しとくね」

美尋は興奮冷めやらぬままキーボードに指をかけた。

「返信？　なんて？」

モニターの向こう側から眞辺の声が聞こえる。

「メールのお礼と、【連絡、お待ちしてます】って」

「こんな夜中にわざわざいいだろ。それに今、新規の案件なんて厳しいんじゃねぇの？　ただでさえ、これだぜ？」

眞辺はそう言うと、壁掛け時計をちらりと見た。薄暗い室内でよく見えないが、時計の針は午前二時を指そうとしていた。

「でも、とにかく話を聞きたいじゃない」

美尋は手早く返信を作成すると、念入りに確認してから送信ボタンを押した。メールを送信した後も心拍数はいつもより高い。

「眞辺、修正できたぶんからチェックさせて」

気持ちが高ぶってじっとしていられなくなり、美尋は席を立った。


結局、二人が作業を終えたのは窓の外が白んできた頃だった。

長時間メイクをしたままの肌はきしきしと音が鳴りそうで、女としてはかなり危険な域に達していることを美尋は自覚する。しかし、そんな意識も束の間、極度の眠気と疲労感に襲われ、それどころではなくなってくる。

「お前、少しでも寝てこいよ」

そう美尋を気遣う眞辺の顔にも、さすがに疲労が滲《にじ》み出ていた。

「眞辺のほうが疲れてるでしょ」

「俺はここで寝るし」

そう言うと、眞辺はプリンターの脇に折りたたんである段ボールを何枚か引っ張り出して床に広げ、その上に寝転んだ。

「ちょっと、眞辺」

声をかけたが返事はない。もう口を開くのも億劫《おっくう》なのだろう。眞辺は仰向けになってアイマスク代わりに自分の腕を額に乗せると、すぐに寝息を立て始めた。

美尋は仮眠用のブランケットを眞辺に掛けると、自分は夏の冷房対策に使用した膝《ひざ》掛けを手にして、休憩スペースのソファに倒れ込んだ。すぐに意識が遠のいていく。どこででも眠れるようになったのは、この仕事に就いてから身に着けた特技だった。

眠りに落ちてから、どれくらい経ったのだろうか。美尋は物音で目を覚ました。

「すみません、起こしちゃいましたか？」

眠い目をこすって視界に入ってきたのは二十四歳の新人で、現在、眞辺の下でデザイナーとして見習い中の橋爪《はしづめ》翔《しょう》だった。

「おはようございます。昨日も泊まりだったんですか？」

橋爪が小首を傾げながらたずねてくる。

「おはよう。うん、まあね……」

乾燥で喉が渇いている。美尋はしゃがれた声で返事をした。

ローテーブルに置いたはずのスマホを手探りで探すが、途中で面倒になって「今、何時？」と、橋爪にたずねた。

「まだ八時前です」という返事に、美尋は眉根《まゆね》を寄せた。

アートプレイデザインの始業時間は十時だ。まだ美尋のセットしたアラームも鳴っていないし、いつもなら橋爪が出社するのはもっと遅い時間だ。

「今日は早いね。何かあるの？」

美尋が言うと、橋爪は子犬のように可愛らしい顔を左右に振った。真っすぐな茶色い髪がさらさらと流れる。

「いえ、別に。昨日修正の話を聞いて、僕も残りましょうかって眞辺さんに聞いたら、いいって言われて。早く来たら僕にも何か手伝えるかなって思ったんですけど……さすが、眞辺さん。心配なんてまったく必要なかったですね」

橋爪の話を聞き終えると同時に、美尋の手の中でスマホのアラームが鳴り出し、慌てて止めた。

「へぇ、橋爪くん、優しいんだ。眞辺が聞いたらきっと喜ぶよ」

そう言って微笑むと、橋爪がじっと美尋の顔をのぞき込んでいる。美尋はまだ眠気の覚めない目をしばたかせていたが、ハッとして両手で顔を隠した。徹夜明けできっとひどい顔だ。年下の男子に見せられるものじゃない。

「そんなふうに見ないの。ところで眞辺は？」

顔をそらして、まぶたの下のマスカラやアイシャドウの滲みを指先で拭《ぬぐ》い取りながら、美尋がたずねる。すると「僕が起こしちゃいましたよ。あんなところで寝てたんで、もう少しで蹴とばすところでした」と、橋爪は呆《あき》れたように返事をした。

「……だよね」

「そうですよ。あんなところで寝てるなんて思わないじゃないですか。眞辺さん、一人のときはいつもこのベッドで寝てますし」

「……ベッド？　このソファのこと？」

美尋がソファを指さすと、橋爪がうなずいた。

「知らないんですか？　そのソファ、広げるとベッドになるんですよ」

散々このソファを使ってきた美尋だが、そのことを知ったのは今が初めてだった。

「知らなかった。もしかして、知らないの私と眞辺だけ？」

美尋が驚きのあまり声を上げると、橋爪はため息をついた。

「眞辺さんは知ってますよ。仮眠のときも、身体伸ばさないと休まらないからって、いつもベッドにしてますし」

「え？　知ってるの？　じゃあ私だけ？　っていうか眞辺、私の前ではベッドにして寝てたことなんてないし。私には秘密にしてたってこと？」

美尋は怪訝《けげん》な顔で橋爪を見た。

「さぁ、僕に言われても……。でも、まぁ、そうなんでしょうね。どうしてなんですかね？」

橋爪が首を傾げるが、聞きたいのは美尋のほうだった。

「……もしかして、独り占めするため⁉」

美尋が言うと、「さぁ……」と、橋爪が今度は反対側に首を傾げる。すると、何かを思いついたような顔つきで、頭を縦に戻した。

「杉浦さん」

「ん?」

「もし……初めからそれがベッドになるってわかってたら、眞辺さんと一緒に寝てました?」

橋爪の言葉に、美尋は目を丸くする。

「な、何言い出すの？　一緒にって、無理に決まってるでしょ」

「なんでですか?」

「なんでって……一応私たち、男と女だし」

美尋は、橋爪の質問の意図がわからず、まだ学生のようなあどけなさが残る顔を見ながら、諭すように言った。

すると、失礼ともいえるような反応が返ってきた。

「杉浦さんにも、そういう意識はあるんですか?」

美尋は寝不足とは違うめまいを感じた。日常生活において、自分より若い世代との感覚のずれを感じることは多々あるが、橋爪がどういうつもりでそんなことを言い出したのかよくわからなかった。

美尋が聞き返そうとすると、橋爪が先に口を開いた。

「杉浦さんと眞辺さんて、男女の意識ってないんだと思ってましたから。二人は仕事仲間っていうか……コンビって感じで。僕から言わせてみたら……カッコいい男同士の付き合い、みたいな？」

「男同士⁉」

寝起きでしぼんでいた目を見開く。

「橋爪くんにとっても私ってオヤジなのね……」

恨めしそうにうなだれると、橋爪は「そういう意味じゃないです」と、慌てて言い訳を始めたが、美尋の耳にはほとんど届いていなかった。

「別にいいよ。男と……男。ホントに眞辺とはそんな感じだから。でもほら、一応、身体は男と女だし」

美尋が言うと、おそらく無意識に、橋爪の視線が美尋の胸元に注がれた。しかしすぐ顔を赤くして目をそらすので、余計に美尋も恥ずかしくなってしまった。

美尋は気づかないふりをしながら、橋爪に背を向けるようにソファから立ち上がり、伸びをした。

「ごめん、一回、家に帰るね。始業時間には戻るから」

美尋が腰に手を当ててそう言うと、橋爪は「え？」と声を上げた。

「すみません。すぐ出て行くんで、もう少しここで寝てたらどうですか？　起こしちゃって、本当にすみません」

「ありがとう。でも、やっぱり帰るわ」

美尋は気を遣わせないように笑顔を見せた。

美尋は泊まり込みをした翌朝、その日の仕事が始まる前に、必ず家に帰ることにしていた。帰るよりも、そのまま事務所で仮眠を取っていたほうが休めるんじゃないかとよく言われるが、美尋の場合は違った。会社に居たままだと身体も気持ちもリセットされず、その日の仕事に打ち込めないのだ。

家に帰ってシャワーを浴びれば、長い一日がリセットされる。通常の出社時刻まではまだ二時間あるので、今から帰れば始業には十分間に合う。

「今日締め切りの案件はほかになかったはずだし、橋爪くんもみんなが来るまでゆっくりしたら?」

美尋は橋爪の淹れたコーヒーを手に、自分のデスクへ向かった。

「おはよう」

向かいのデスクに伏せている眞辺に声をかけると、彼は身体を折り曲げたまま顔だけを美尋に向けた。

「また帰るのかよ?」

こちらも寝起きで、いつもより声がハスキーになっている。

「うん。シャワー浴びたいし、着替えもしたいし」

「ふーん、じゃあ、俺も一緒に行っていい？　お前の家」

投げかけられた言葉に、掛けたはずのバッグの紐が肩からずれ落ちる。でも、すぐに美尋は笑顔を作った。

「朝から冗談言える元気があれば大丈夫」

そう言って、髪を掻き上げる。過ごしやすい季節とはいえ、少し髪がべたついている気がして、一刻も早くシャワーを浴びたかった。

「クライアントには、もうデータ送っておいたから。あれでＯＫが出るといいけど」

問題がある場合は、送ったデータに赤ペンなどで修正依頼が書き込まれて戻ってくる。今回の修正でクライアントの意向はすべて汲《く》んだつもりだが、時間が経てばまた違う要望が出てくるのも、よくあることだ。

そうなった場合は、急いで再度修正に取りかからなければならない。クライアントからのデザイン会社への評価は、単にデザインだけではない。そこで早い対応ができるか否かが、クライアントへの印象を大きく左右するのだ。

「できるだけ早く戻ってくるから、それまでに返信きたらチェックお願い」

「わかった」

眞辺の返事にうなずき、いったん出入り口に向かって歩き出した美尋だったが、ふいに足を止めて振り返った。

「ねぇ、橋爪くんから聞いたんだけど、あのソファってベッドになるんでしょ？　なんで教えてくれなかったの？」

眞辺は視線を上げ、しばらく美尋を見つめてからため息をついた。

「橋爪のヤツ、余計なことを。……俺が独占するために決まってるだろ」

「やっぱりね。ふーんだ、これから私も使うからね」

美尋は眞辺を軽く睨むと、「じゃ」とバッグの紐を肩に掛け直し、今度こそ事務所を出た。


早朝の空気は少しだけ秋めいていて、心地よかった。朝日を浴びれば身体は目覚めるというが、徹夜明けの身体には難しい。あくびをすると、目尻に滲む涙が視界をぼやかした。

秋の空は白くて色が薄い。美尋は朝日の色そのままに染まった空をスマホで撮影し、その画像を朝日を浴びることのない眞辺に、コメントもつけずに送信した。

二人の間では、文章のない写真だけのやり取りも多かった。目に留まったデザインや面白い形のオブジェなど、情報を共有する意味合いもあったが、それはどちらともなく始まり、ずいぶん長いこと続いていた。

特に美尋は、綺麗な色の空を見ると眞辺に見せたくなるのだった。もっとも、自然界の色をそのまま映像に残すことは難しい。それでも心が震えるような色の空に出会うと、写真を撮り、眞辺に送らずにはいられなかった。

美尋はオフィス街に繰り出すビジネスマンたちの波に逆らい、混雑のピークを過ぎた電車に乗り込んだ。電車が線路の上を走る小刻みな揺れは、否応なく眠気を誘う。美尋はドア付近のバーに寄りかかり、眠らないように六分間耐え忍んだ。

鶴舞《つるまい》駅に到着して地上に出ると、朝日が先ほどよりも濃くなっていた。目の前に広がる広大な鶴舞公園は緑が多く、年中丁寧に整備されている。たびたびイベントも開催されて大勢の人が集まるが、普段はのどかな場所で、今も美尋の前を一組の老夫婦がウォーキングしながら通り過ぎたところだった。

「元気だな……」

美尋は老夫婦の背中を振り返りながら、自分の運動不足が不安になった。

公園を横目に直線に歩く。そこからほど近い、中央線西通《ちゅうおうせんにしどおり》付近に広がる住宅地にある七階建てのマンションの三階の角部屋が、美尋の自宅だ。階段で上がれない距離ではないが、迷わずエレベーターに乗り込んだ。

閉め切った真っ暗な部屋には、静けさしか待っていない。１ＬＤＫの縦長い部屋を大股で歩き、カーテンを開けて朝日を入れると、ベッドに倒れ込みたい衝動を抑えて、着替えを準備し、風呂場に向かった。

一日中動き回った身体は、汗ばんでべたついている。服を脱いで下着まで外すと、やっと開放感を得られた。

熱いシャワーを頭のてっぺんから浴びる。水圧を上げて勢いよく水滴を身体に打ちつけると、身体は一日の終わりを認識する。よく泡立てたボディソープを素手で身体に滑らせた。首筋を通って鎖骨を撫で、腕から指先まで行くと、腕の根元に戻って脇から胸へ手を這《は》わせる。美尋はそこでふと、眞辺の言葉を思い出した。

――お前はさ、欲しくなんねぇの？

欲しいのか欲しくないかと言われれば、美尋は欲しいとは思わなかった。

ただ、今は手の届かない背中を洗ってくれる誰かが欲しいと思った。余計なことはせず、洗ってくれるだけでいい。

美尋は小さく笑い、手のひらを下腹部に滑らせた。足をバスタブにかけると、マッサージをするように太ももからふくらはぎまで丁寧に洗い、シャワーを浴びた。思い出した眞辺の言葉も洗い流し、耳に残る眞辺の声もシャワーの音が掻き消してくれた。

リセットボタンの押された身体はやっと正常に空腹を感知し、タオルで髪の毛を拭《ふ》きながら冷蔵庫を開けた。

しかし、扉を開けて愕然《がくぜん》とする。

ほとんど空っぽの冷蔵庫には、ビールとトマトジュースしか入っていなかった。美尋は現実から目をそらさんばかりに、そのまま冷蔵庫の扉を閉じてお湯を沸かした。結局、朝食はインスタントの春雨スープだけだったが、身体が内側から温まってくるのを実感した。

スープを飲みながら美尋は母親の手料理を思い出していた。周りにも自慢したくなるような料理上手で、栄養にもうるさい。そんな母親が今のこの状況を見たら、きっと呆れるよりも悲しむだろう。徹夜で朝帰りして、インスタントの食事。フォークを持つ美尋の手が、一瞬だけ止まる。

美尋の実家は岐阜《ぎふ》県の中津川《なかつがわ》市にあった。名古屋から快速電車を使って一時間強の距離で、今住んでいるマンションからそれほど遠いわけじゃない。

今の会社に就職が決まったときは、両親も自宅からの通勤を勧めたし、美尋自身もそうするつもりだった。実際、就職して半年間は自宅から通勤していた。

始業が十時なので朝は無理する必要がなく、移動時間も読書か眠るかで、あっという間に時間が過ぎた。家に帰れば食事が用意されていて、毎日衣服も綺麗に洗濯されている。美尋にとって、通勤時間はなんら苦痛ではなかった。

しかし、数カ月もすると残業が増え、徐々に退勤時間が遅くなっていった。ついには終電で帰宅するのが当たり前になり、遅くに帰る娘を心配した母親は、半年も経たないうちに転職を勧めてきた。

「そんな生活してて、身体でも壊したらどうするのよ？　女の子なんだし、そんなに無理して働くことないでしょ。まだ若いんだから、考え直したら？」

美尋は自分の望む職に就け、今の仕事を天職だと思っていたし、それればかりか、上司や同僚にも恵まれていると思っていた。転職なんて、微塵《みじん》もする気にならなかった。

母親に言われるたびに美尋は、「大丈夫」と取り合うこともなく、やり過ごしていたが、やがて対処できなくなっていった。

そのうちに、夜遅く帰って食卓に用意された一人分の食事を見るのも辛くなった。母親は、どんなに美尋が遅くなっても寝ずに待っていて、美尋の夕食を温めた。美尋が自分でやると言っても聞かず、美尋は黙って食事が整うのを待っている。専業主婦の母は、家事を完璧にこなさないと気が済まない質《たち》だった。

そして就職して半年ほど経ったある日、母親は夕食をもそもそと食べる美尋にこう言った。

「美尋、お父さんとも話したんだけど、やっぱり仕事、変えたほうがいいと思うの。お父さんの知り合いで、いい仕事を紹介してくれるっていう人がいてね……」

美尋が一人暮らしを決意したのは、そのときだった。父も母も反対したが、それを押し切る形で、名古屋での一人暮らしを始めた。

「私……親不幸者なのかな……」

美尋はそう独り言を呟き、フォークで春雨をすくった。

食事を終えると、急いで荒れた肌にメイクを施《ほどこ》す。

美容液も化粧水も、歳を重ねるごとに高価なものになっていた。それらが本当に必要なものかどうかわからないが、時間をかけられないぶん、値段で自分を納得させていた。幸いなことに、それくらいの収入はあった。

リキッドファンデーションを肌に伸ばして、コンシーラーで隈《くま》を隠す。その後パフを叩き、太いブラシでチークを重ねる。寝不足の顔はチークの力で顔色を取り戻し、むくんで少し腫れぼったい目は、アイメイクで大きく見せる。

そこまで済ませると、再び冷蔵庫を開けてトマトジュースを取り出し、カップに移してレンジで温めた。そこにオリーブオイルを垂らして飲むのが美尋の日課だった。野菜不足をこれで補っているつもりだが、気休めにもなっていないことは承知している。中身を飲み干して口元を拭うと、アイロンの電源を入れてクローゼットを開けた。

派手な色味の服は、ほとんど持っていなかった。シンプルなデザインのものに、小物でアクセントを添えるのが好きだった。

美尋は後ろリボンの付いたストライプのシャツに袖を通すと、白いパンツにアイロンを当て、パンツがまだ温かいうちにはき替えた。アクセサリーには、シルバーのものを選んだ。鏡の前でネックレスとお揃いのチェーンタイプの長いピアスを揺らし、仕上がりを確認すると、美尋は気合を入れて〝今日〟に飛び出した。

「おはよう。杉浦、昨日も泊まりだったんだって？」

「ええ、まあ、はい」

出社して一番に声をかけてくれたのは、美尋の上司であるプロデューサーの船越孝弘《ふなこしたかひろ》だった。

つい先日、四十歳の誕生日を迎え、同時に父親になった、今この職場で一番幸せだと自負する人物だ。自分の誕生日と同じ日に生まれた愛娘を溺愛し、退院後、里帰りをしている妻の実家に足しげく通っている。

くしくも、その妻の実家が美尋の実家と同じ中津川市ということもあり、美尋と船越はたびたび地元ネタで話が盛り上がった。

「悪いな、いつも」

「いえ、大丈夫です。私より眞辺のほうが……。あれ？　眞辺は？」

眞辺の姿が見えないので事務所を見渡すと、「眞辺さん、隣で寝てます」と、橋爪が休憩スペースに視線を動かした。

「呼びましょうか？」

橋爪がそう言って立ち上がりかけたので、慌てて止めた。

「ううん、寝かせておいて。夕べ私がソファ借りちゃったし、眠れなかったんだと思うから」

美尋は休憩スペースを気にしながら自分の席に着くと、すぐにメールを確認した。明け方に送った修正データについては、クライアントからの返信はまだなく、代わりに別のクライアントから進捗確認のメールが美尋と船越宛に入っていた。

こちらは入浴剤のパッケージのデザインを依頼されているもので、納期はまだ先だった。ただ、このようなメールをよこすということは、スケジュールが前倒しになる可能性が高いように思えた。

シリーズごと丸受けしているため、作成しなければならないデザインは数種類ある。担当はすべて眞辺のため、直接話を聞かないと、先方へ返事ができなかった。

眞辺を起こすのは気が引けたが、クライアントへの対応は少しでも早く済ませるのが得策だ。美尋は席を立って休憩スペースへと向かった。

休憩スペースに足を踏み入れた美尋は、思わず「へぇ……」と感嘆の声をもらした。

休憩スペースのソファは、本当にベッド仕様になっていた。ただ、ソファベッドと言っても大きなものではないので、背の高い眞辺のつま先はベッドからはみ出していた。

「眞辺……」

小声になったのは、やはり起こすのが忍びなかったからだ。こちらを向いた寝顔には、いつもの皮肉屋の面影はかけらもなく、無邪気で安らかだった。たしか美尋より一つ年上のはずだが、そうは見えない。

「子供みたい……」と鼻から笑いがもれる。その幸せそうな寝顔につられたのか、眠気が押し寄せ、美尋の口からもあくびが出る。ベッドの空いたスペースに腰を下ろすと、船越が顔をのぞかせた。

「杉浦、お前も無理せず、少し寝たらどうだ？　メールの件ならそんなに急がなくてもいいから」

船越の気遣いは嬉しかったが、美尋は別の意味で顔をしかめた。

「寝るって、ここでですか？」

美尋は自分の座っているベッドに手を置いた。隣では眞辺が寝息を立てている。船越は美尋が何を気色ばんでいるのかというように、不思議そうに首を傾げ、「もう一人くらいなんとか寝れるだろ」と、ベッドに目をやった。

「……私は大丈夫ですから」

美尋はつきかけたため息をのみ込んで、ソファベッドから立ち上がった。

「そっか、無理するなよ」と、船越は美尋に声をかけ、デスクに戻っていった。

船越が姿を消すと、美尋は一度のみ込んだはずのため息を、お腹の底から吐き出した。

「橋爪くんだけじゃなくて、船越さんまで……？」

そう呟いた瞬間、美尋は突然腕を引っぱられ、尻もちをつくようにベッドに沈んだ。

「痛っ！　あ、ちょっと、眞辺、起きてたの？」

寝ていたはずの眞辺が、肘をついて美尋を見ている。

「起こされたんだよ。船越さんもああ言ってるし、お前も寝れば？　会社公認だぜ？」

眞辺がニヤリと笑う。

「寝ない」

美尋はピシャリとはねつけると、眞辺を睨んで席に戻った。

再びメールの確認をしていると、眞辺も休憩スペースから姿を現した。

「お疲れさま。アニューからメール来てたよ。直しなし。無事校了。いつもありがとうございますって、眞辺のとこにもメール入ってるよ」

「お、ラッキー。さすが俺」

明け方までかかって眞辺が修正したデータを受け取った雑誌の編集者から、お礼のメールが届いていたので知らせると、眞辺は上機嫌で自分のデスクに着いて、早速確認していたようだった。

たしかに修正なしでの校了はさすがだった。クライアントからねぎらいの言葉をもらった瞬間、それまでの努力や苦労を一瞬にして忘れ、達成感で満たされる。眞辺も肩の荷が下りた気分だろう。仕事は同時進行でいくつも抱えているので、喜んでいられるのはほんの束の間に過ぎないが、次への糧《かて》になることは間違いない。

そこでふと、美尋は昨夜四葉エージェンシーからメールが来ていたことを思い出した。

大手からのコンタクトなので、船越に報告し、場合によっては直接やり取りしてもらったほうがいいと思い、席を立ったときだった。向かいから橋爪に呼び止められた。

「杉浦さん、四葉エージェンシーのクラタさんって人から電話ですけど」

「えっ、倉田さん⁉　嘘、もう？」

電話を受けた橋爪は夕べの美尋のように事態をのみ込めていないため、「四葉って、アノ四葉？　なんで杉浦さんに？」と、困惑気味に美尋の様子をうかがっている。

美尋が船越のデスクに目をやると、別の電話の最中だった。すると、眞辺が冷ややかな視線をよこしているのに気がついた。

「何慌ててんだよ」

「だって、心の準備が……」と言いかけて美尋は決心した。電話の相手を待たせるわけにはいかなかった。

「大変お待たせしました。アートプレイデザインの杉浦です」

美尋は受話器を握りしめ、一言も聞き逃してはなるものかと耳に押し当てた。

「四葉エージェンシー、企画部の倉田と申します。昨晩の突然のメールのお詫びとご挨拶を兼ねてお電話差し上げました」

大手の広告代理店からのあまりにも丁重な挨拶に、美尋の背筋は反り返るほどまっすぐに伸びた。相手の声色は穏やかで、口調には品があった。

「お世話になります。お詫びなんてとんでもございません。ご連絡いただきありがとうございます」

美尋は強張《こわば》った身体のまま、デスクでお辞儀をした。緊張のせいで顔が赤く染まり、手のひらにも耳にも汗が滲む。

倉田は挨拶の後、眞辺が言っていたとおり、夏のデザインフェスで見た眞辺のデザインが気に入り、連絡をよこしたのだと説明した。

相槌《あいづち》を打つのにも力が入り、美尋は緊張で声が震えそうになる。四葉エージェンシーという社名に反応した周囲からの視線もひしひしと感じ、プレッシャーで身体にも汗が滲んでくる。

そんな美尋の緊張とは裏腹に、電話の相手は穏やかに話し始めた。

「夕べはあの時間にメールに返信が来たので、驚きましたよ」

少し笑いを含んだ声で、かしこまった雰囲気を取り除こうとしてくれていることが伝わってきた。

「あ……私のほうこそご迷惑かと思ったんですけど、嬉しくてつい……」

倉田が誘導する和やかな空気に取り込まれるように、美尋の言葉もかしこまったものではなくなっていく。倉田は微笑んでいたのか、一瞬の間を置いてから穏やかな声色のまま仕事の話に移った。

「ご挨拶ができたところで、早速ですがご依頼したい件がありまして、この電話の後、概要をメールいたしますのでご検討いただけないでしょうか？」

「はい！　こちらこそ、ぜひ!!　ぜひ、お願いします」

今にも立ち上がりそうな勢いで、美尋は再び背筋を伸ばした。

「ありがとうございます。では、のちほどご確認ください。いいお返事がいただけるといいんですが」

美尋は倉田の言葉に、無言で微笑んだ。表情は見えなくても、先ほど自分が感じたのと同じように倉田にも、こちらが笑顔でいることを感じ取ってもらえればと思った。

いくら相手が大手でも、二つ返事で「イエス」と言えないのは、相手が眞辺のデザインを希望しているからだ。現在受けている仕事は確実に納品しなければならず、それらをないがしろにして飛びつくわけにはいかない。それに納期はもちろん、予算も重要だった。

「では、詳細をお待ちしています」

美尋がそう言うと、また一瞬間があってから、「デザイナーの眞辺さんにもよろしくお伝えください」と、倉田は最後に眞辺の名前に触れた。

電話が切れると、美尋は受話器の汗を拭き取り、電話機に戻した。まだ始まってもいないのに、すでに何か大きな仕事をやり遂げたような気がした。

「なんだって？」

電話を終えてデスクのそばで様子を見守っていた船越が、その場にいた全員を代表するように美尋にたずねた。

「ご報告遅くなってすみません。昨晩、四葉エージェンシーから挨拶のメールが届いていて。電話の話では、デザインフェスで見た眞辺の作品を気に入ってくださったみたいで、仕事を依頼したいそうです。先方は私が眞辺の担当だと誤解しているらしくて、私に連絡が来たようです。改めて詳細はメールするというお話でした」

美尋が説明すると、小さな事務所が大きくわき、全員の視線が眞辺に注がれる。

「それと、デザイナーの眞辺さんによろしくとのことでした」

「そうか。でかした眞辺！」

船越の明るく太い声が響き、拍手まで飛び出した。

だが、事務所内の注目を一身に集めた張本人だけは、「別に俺は何もしてないですよ」と一人、気のない態度だった。

美尋は小さく首を傾げた。とはいえ、眞辺のこういった理解できない態度はときどきあることだったので、本気で気にしたわけではなかった。

眞辺の代わりに、隣で橋爪が大はしゃぎしている。

「眞辺さん、すごいじゃないですか！　四葉から指名されるなんて。めちゃくちゃカッコいいです」

橋爪が眞辺を羨望の眼差しで見つめているが、眞辺の態度は変わらない。

当の眞辺がこれなので、周りもそれ以上は騒がず、それぞれ自分の仕事に戻り始めた。「じゃあ杉浦、詳細来たら頼むぞ」と、船越も自分のデスクに戻った。

美尋は返事をしながら、眞辺に目をやり、「素直に喜べばいいのに……」と、半ば呆れながら椅子に座った。眞辺がモニターの隙間から何かを言いたげにのぞいていたが、美尋は気づかないふりをしてマウスを握った。

「杉浦さん」

眞辺がわざとらしく、かしこまった呼び方で美尋を呼んだ。

「入浴剤の件、進捗、メールすんだろ？　打ち合わせするぞ」

眞辺がミーティング用の丸テーブルに向かって椅子を回転させた。

「わかった。今、行く」

美尋が資料をかき集めて席を立とうとすると、パソコンのデスクトップにメールの受信を知らせるアイコンが表示された。

「ちょっと待って、倉田さんからかも」

勢いよく椅子に逆戻りすると、はやる気持ちを抑えられずに、急いでメールを開いた。

メールは予想どおり倉田からのもので、すぐに船越と眞辺に転送すると、添付されていた依頼書を二部プリントアウトした。プリンターから吐き出された用紙を引きちぎるように手に取ると、そのまま船越のデスクに向かった。

腰が重い眞辺とは対照的に、橋爪は呼ばれもしてないのに、興味津々の様子でやって来た。船越が転送したメールを画面で確認しているので、美尋はプリントアウトしたものを橋爪に渡した。ほかの社員もまた集まり始め、橋爪の後ろから依頼書をのぞき込む。

「ベニヤ……って読むんですか？」

書かれた案件に目を通しながら、橋爪は首をひねった。

「そう、紅屋《べにや》。老舗の和菓子屋よ」

美尋が説明すると、船越がモニターから目を離し、美尋に向かってニッと笑う。

「橋爪は知らねえかもなぁ」

紅屋は創業五十年を超える和菓子店で、本店が岐阜県の中津川市にあるため、美尋と船越にとっては馴染《なじ》みの店だった。

広い敷地に立派な店構えで、地元では知らない人はいない。店のトレードマークともいえる白地に金色の家紋入りの紙袋は見た目にも上品で、地元民にはひと目であの店のものだとわかる。手土産や進物によく使われるのだが、それが一種のステータスになっていた。

美尋がプリントアウトした依頼書にざっと目を通したところ、四葉エージェンシーからの依頼内容は、その紅屋の商品パッケージのリニューアルだった。

提示された予算は、標準的なものだった。ただ、納期は短く、十二月中旬。およそ三カ月しかない。老舗のパッケージのリニューアルにしては明らかに短い。通常なら半年……いや、一年かけてもいい案件だった。

先方にもその思いがあるのだろう。納期が短い経緯についても、依頼書に記されていた。

倉田から添えられた説明によると、紅屋は来年にデパートへの新店舗の出店と新商品の発売が決まっているらしく、その記念を兼ねた全面リニューアルが、今年の夏から別のデザイン会社で進められていた。ところが、訳あって、紅屋からデザイン会社を変更するように申し入れがあったのだという。

めったにないことだが、あり得ない話ではない。よほどのことがあったのだろう。

「納期はちょっと厳しいな」

船越が顎に手を当てて呟くと、周りにいた社員たちが同時にうなずいた。訳ありで、納期も短い。大変な案件になりそうなことは、そこにいた誰もが容易に想像できた。

すると、眞辺が頭を掻きながら口を開いた。

「大丈夫ですかね、こんな案件引き受けちゃって。無理なものは無理って言わないと。うちが責任を取らされることになりかねないですよ」

「なんだよ、今回はやけに消極的だな」

船越がそう言うのも無理はなかった。やる気満々とまでは言えないが、いつもの眞辺だったら、多少無理がありそうなものでも飄々《ひょうひょう》と引き受け、やってのけてしまうのだ。始める前からこんなネガティブな発言をするのは、らしくなかった。

美尋が眞辺の顔をのぞき込む。

「でも、眞辺。もし、これで四葉とのパイプができれば、うちにとってもすごくプラスになると思うけど」

大変な案件だからこそ、成功すれば四葉への、ひいては広告業界への売り込みになる。しかし、眞辺は皮肉めいた笑みを浮かべる。

「さすが、デキる女は言うことが違うな」

真面目に話しているのに茶化された美尋は、小さく唇を噛んだ。

「眞辺のスケジュールは、できるだけ負担にならないように私がなんとかする。もちろん、ほかの案件も含めて。それに、私にできることがあったらなんでもするから、だから……」

美尋は眞辺を説得するのに必死だった。それが自分の役割だとも思っていたし、周囲の雰囲気も、そう感じられた。

すると、美尋の言葉に、眞辺の表情が変わった。

「なんでも？　ホントになんでもするんだな？」

眞辺の薄笑いに、美尋は顔を強張らせた。

「なんでもって言っても……私に可能な範囲でって意味で……。たいしたことはできないと思うけど……」

しどろもどろに言うと、眞辺はなおも笑みを深めて詰め寄ってくる。

「俺さ、こう見えて、結構スケジュールパンパンなんだけど。もちろん、それは承知してるんだよね、杉・浦・さ・ん」

「わかってます……」

美尋は眞辺の強い視線に耐えられず、うつむきかけたが、すぐに顔を上げた。

「ねぇ眞辺、私、やりたい。四葉からの仕事って言うのもあるけど……紅屋だからやりたいの」

美尋は懇願するように言った。

紅屋は、美尋の地元の店だ。その店のリニューアルを手がけ、無事成功させることができれば母にも認めてもらえるのではないか、そんな想いが美尋の心の片隅にあった。

二人は数秒間見つめ合っていたが、周りから見れば、どこか我慢比べのようでもあった。

「……しょうがねぇな。忙しくなるぞ」

眞辺があきらめたように言った。根負けしたのは眞辺のほうだった。

「よし！　決まりだ！」

船越の大声がフロアに響いた。

四葉エージェンシーへの正式な返答は船越からすることになり、集まっていた社員はそれぞれの持ち場に戻っていった。

「ありがとう、眞辺」

美尋は高揚感を覚えながら、眞辺に礼を言った。席に戻ろうとすると、眞辺に呼び止められた。

「おい、入浴剤の打ち合わせ、忘れてるだろ？　それと……さっき言ったこと、忘れんなよ？」

眞辺は美尋の耳元で囁《ささや》くと、呆然《ぼうぜん》と立ち尽くす美尋を置いて、颯爽《さっそう》と丸テーブルに向かった。

第二章　恋の予感

早速、船越から四葉エージェンシーに返事の連絡を入れると、先方の希望で急遽《きゅうきょ》この日の夕方、顔合わせが行われることになった。

急な申し出だったため、船越は別件の打ち合わせで都合がつかず、顔合わせには美尋と眞辺の二人で出席することになった。

「頼んだぞ、杉浦」

美尋は、船越に思い切り肩を叩かれた。

「頼りにしてるぜ、男前の杉・浦・さ・ん」

眞辺がにやけて言うので美尋は睨んだ。

「何言ってるのよ。今回は眞辺にかかってるんだからね」

美尋がそう言っても、眞辺はたいして気に留める様子もなく、涼しい顔でモニターに向かっていた。船越もまた、そんな二人の様子に口を出すわけでもなく、心配そうな素振《そぶ》りも見せなかった。

十二時を回り、みんながお昼に出払う中、美尋はデスクに残って、午前中に届いたクライアントから問い合わせのメールに返信していた。向かいの席では、眞辺と橋爪もまだ作業を続けている。

美尋がメールを送り終えたところで大きく息を吐き出すと、タイミングを計っていたかのように、橋爪が話しかけてきた。

「四葉との打ち合わせ、今日なんですよね？」

「うん、そう。十七時から向こうの本社で」

「いいなぁ。僕も行きたいな」

拗《す》ねたように橋爪が言うので、美尋は思わず眉をハの字にした。

「ごめんね。今回は私と眞辺だけって先方に話してあるの」

「いえ、すみません、全然そういうつもりじゃなくて。僕なんかはまだ顔を出す資格すらないことはわかってます」

橋爪は慌てたように首を左右に振る。

「そんなことはないよ。紅屋の件でも橋爪くんにはしっかりサポートしてもらうつもりだし、眞辺が大変なぶん、ほかの案件のフォローもお願いね」

「はい。了解です」

橋爪は張り切って返事をした。

「それにしてもすごいよなぁ、眞辺さんは。四葉にも名前を知られてるんだから。でも眞辺さん、なんで乗り気じゃないんですか？　嬉しくもなさそうだし……。あの四葉からのご指名ですよ？　普通ならもっと喜ぶでしょ？　少なくとも僕なら、めちゃくちゃ喜びますけどね」

橋爪は軽くため息をついた。たしかに眞辺の態度を見れば、こう思われても仕方がない。正直、美尋も橋爪と同じ気持ちだった。

「四葉、四葉ってうるせーな」

黙っていた眞辺が画面から目を離さないまま、うるさそうに声を上げた。

「あそこがそんなに特別なのかよ。別に四葉だから乗り気じゃないんじゃねぇよ。これからまた今以上に忙しくなるのかと思ったら、気が重いだけだってぇの」

眞辺は不機嫌そうに言うと、モニターの横に顔を出して美尋を見た。

「ま、杉浦が全面的にフォローしてくれるらしいから、なんとかなると思うけど」

眞辺は橋爪に顔を寄せると、「な、さっき橋爪も聞いただろ？」と、ニヤリと笑って同意を求めた。

「聞きましたけど……あくまでも仕事上のフォローだと思いますよ」

橋爪は呆れたようにそう眞辺をたしなめ、お昼に出かけると言って席を立った。

「年下に注意されてるじゃないの」

美尋が笑うと、眞辺は「うるせぇよ」と腕を組んで椅子にふんぞり返った。

今日は何やら眞辺の機嫌が悪そうなので、美尋も橋爪の後を追って昼食を買いに行くことにした。

「眞辺も早く食べちゃったら？　お腹空いてたら頭も回転しないでしょ。夕方の打ち合わせまでに、その仕事、終わらせちゃってよ」

「バーカ、そのくらいわかってるって。おせっかいはいいから早く行けよ」

眞辺は美尋を追い払った。

四葉エージェンシーとの約束は十七時だ。外での打ち合わせの時間が増えれば、中で処理をする時間は減る。それは眞辺だけでなく美尋自身もだった。

昼食を済ませると、急いで広告用の二百字程度の商品紹介のコピーを何本か作成する。デザインマネージャーとしての仕事をこなしながら、こうした外部に出すまでもない簡単な文章は自分で作成することも珍しくない。そうでもしないと予算的にも、納期的にも厳しい仕事も少なくなかった。

一方、眞辺は〝おっせかいはいい〟との宣言どおり、結局、お昼も取らないまま、本日の締め切りぶんのデザインを十四時前には仕上げた。それを美尋は受け取って、クライアントからの注文が反映されていることを確認すると、早速、先方にチェック用のデータを送信した。

眞辺はその様子を見届けると、着替えのために一度、家へ帰っていった。気乗りしてないようなので、少し心配していたが、それなりにスイッチが入ってきたようだった。

コピーの作成をしながら、クライアントや印刷会社などとメールや電話でやり取りしているうちに、あっという間に時刻は十六時を過ぎた。

美尋は化粧直しに席を立つ。鏡をのぞくと、朝乗せたファンデーションもチークもすっかり落ちていて、寝不足の肌が露《あら》わになっていた。

「やばい……」

美尋は鏡の前に顔を近づけた後、恐ろしくなって再び遠ざかった。そして、慌ててポーチを開けると、「厚塗り厳禁」と呪文のように唱えながら、パウダーファンデーションを頬にはたいた。

しかし、寝不足の肌は艶やかさのかけらもなく、ごわごわしていて突貫工事の邪魔をする。できるなら、今すぐに洗顔後のパックからやり直したい気分だった。

美尋は化粧直しの間、電話で話した倉田の、低くて心地よい声を思い出していた。

「せめて明日だったらな……」

美尋は鏡の中の自分にため息をつく。いつもであれば、クライアントとの顔合わせのときは朝のメイクから気合を入れる。やはり、印象は大切だからだ。

気をつけようと思っていたはずなのに、いつの間にかファンデーションもチークも濃くなってしまい、まるでお化けのようになっていた。美尋は再びため息をついてから指の腹で顔を拭い、前髪を直した。最後にルージュをはみ出ないように丁寧に塗ると、鏡の前で顔の角度を変えて、入念にチェックしてから化粧室を出た。

「あっ、お疲れ」

美尋がデスクに戻ると、眞辺がちょうど自宅から戻ってきたところだった。美尋の声に、顔を向けた眞辺が片眉を上げる。

「……お前、化粧濃くねーか？」

「そ、そんなことないよ」

美尋は頬を押さえながら化粧ポーチを隠すようにバッグにしまった。顔を上げて改めて眞辺を見ると、いつもとどこか雰囲気が違っていた。

「……素敵なジャケット。初めて見るかも」

眞辺は薄いブルーのシャツの上に、ネイビーのツイードのジャケットを羽織っていた。

「いつもより大人の雰囲気じゃん。似合ってる」

美尋は素直に眞辺を褒めた。眞辺はまんざらでもない様子だった。

眞辺が口を開きかけたとき、美尋は大きなため息をついた。

「私も着替えてくればよかったかなぁ……。こんな格好で失礼じゃないかな？　まったくの普段着なんだけど」

クライアントとの急な打ち合わせに備えて、ほとんどの者が会社のロッカーにジャケットを一着用意している。当然美尋も常備してあるのだが、それを羽織るとコーディネートが上手くいかない。

「今日ってわかってたらワンピースにしたのにな……。ジャケット着たら後ろのリボンも見えないし」

打ち合わせの日はお気に入りのシックなワンピースと決めていた。今日は突然だったため、戦闘服ともいえるそのワンピースも持ち合わせていない。美尋がシャツの襟《えり》を摘まみながら言うと、眞辺は白けた視線を投げてきた。

「バーカ。オヤジにワンピース、いらねぇし」

そう言って眞辺は、美尋の鼻の下を指で撫でた。

「……生えてないってば」

美尋は眞辺の指を払って睨みつけると、椅子に掛けてあったジャケットを羽織った。

「そんなことより、そろそろ行こう」

美尋がバッグを手にして歩き出すと、眞辺も後に続いた。

空を見上げると、もうずいぶんと日が落ちてきていた。

残暑が厳しいとはいえ、この季節、あと一時間もすれば日が沈む。西に傾いた太陽がビルの隙間からのぞき、無数の窓に反射して眩《まぶ》しかった。

アートプレイデザインの事務所と四葉エージェンシーの本社ビルは、歩いて十分ほどの距離にある。一歩近づくごとに、美尋の緊張は否が応でも高まった。しかし、眞辺のほうには、まったくそんな気配が感じられない。

「眞辺、緊張しないの？」

「別に。お前、もしかして緊張してんの？　鉄のハートだろ？」

「誰が鉄のハートなのよ？　緊張するに決まってるでしょ。四葉なんだし。それにさぁ、大きい仕事なんだしわくわくしない？」

それは美尋の本心だったが、気持ちが高揚しているのは、それだけが理由ではなかった。

美尋は密かに倉田に会えるのを楽しみにしていた。これは倉田に限ったことではなく、美尋は電話やメールの素っ気ないやり取りよりも、実際にクライアントに会って話をして、その人となりを知るのが好きだった。

「ねぇ、倉田さんて……どんな人？　眞辺は会ったことあるんだもんね？」

美尋は期待を込めながらも、そのことを眞辺に悟られないよう、表情を変えずにたずねた。

すると、眞辺は眉間にシワを寄せて、何かを思い出すかのように虚空《こくう》を見る。

「どんなって……フツー」

一瞬溜めた間が美尋の期待を膨らませたが、結果的には眞辺の答えはそれを裏切るものだった。

「普通って……」と、美尋はぼやきたくなったが堪《こら》えた。眞辺にまともな返事を期待した自分が間違いだったと気づき、美尋は自分の直感を信じることにした。

電話で話した倉田は丁寧な言葉遣いといい、穏やかな声といい、好印象だった。やはり会うのは楽しみだった。

まもなく、二人は四葉エージェンシーの自社ビルに到着した。見上げた黒いビルはスタイリッシュなデザインで、画一的なビルが並ぶオフィス街で異彩を放っていた。

二人が受付で用件を伝えると、受付の女性に二階の会議室へと案内された。二階には会議室がいくつも並んでいて、その中の一室に通される。担当者が来るまで待つように言われ、二人きりになった。

「さすが大手……。会議室もこれだけないと回らないんだね」

美尋は率直な感想をもらした。そして、下座側の椅子に腰を下ろすと、ジャケットの襟を正して髪型を整え始めた。

もはや隣の眞辺の視線を気にしている余裕はなかった。緊張と期待で心拍数が上がり、揃えた膝の上で握りしめた手が落ち着かなかった。

深呼吸の合間に袖をめくり、腕時計で時間を見ようとしたときだった。ドアをノックする音に、美尋はすぐさま腕時計を袖で隠し、立ち上がった。

背の高いスーツ姿の男性が、滑るように部屋へ入ってきた。

「お待たせしました」

男は部屋に入るなり、張りのある声を響かせた。それが視覚と同時に、美尋の聴覚を激しく刺激した。あの声だった。

電話で話しているので、初対面でも親近感がわくのは不思議なことではない。しかし、今回の場合はその声と容姿に、美尋は一瞬心を奪われた。

「いえ、あの……」

美尋は動揺を隠すのに必死だった。特に眞辺に気づかれると、後で何を言われるかわからない。

美尋はお辞儀をして一度倉田を視界から外すと、頭を下げる間に深呼吸をしてから挨拶をした。

「……こちらこそ、お忙しい中お時間をいただいて、ありがとうございます」

「倉田です。直接お話するのは初めてですね」

美尋が顔を上げると、倉田が正面から見つめてきた。そして、ゆったりと微笑むと、美尋に名刺を差し出した。

「あ、はい。ご連絡ありがとうございました」

美尋は返事をしながら、名刺入れから自分の名刺を少し手こずりながら抜き出して、倉田に差し出した。

「アートプレイデザインの杉浦です。よろしくお願いします」

倉田は「こちらこそよろしくお願いします」と、丁寧に受け取ると、手の中の名刺を見つめて口元を緩めた。

美尋が戸惑っていると、倉田は名刺から視線を上げて、再び美尋と目を合わせた。

「杉浦さんの名刺は二枚目です」

「え？」

「一度、彼からもらってますから」と、倉田は眞辺を見て言った。

「……あ、そうでした。すみません。何枚も困りますよね」

美尋が一度渡した名刺に目をやると、倉田は「あ、すみません。そういう意味じゃなくて」と、焦ったように言い訳した後、明るい笑顔を向けた。

「こっちはご本人からいただいた貴重な名刺ですので」

そう言って倉田は、美尋の名刺に再び目を落とした。美尋は再びドクドクと耳の後ろが脈打つのを感じた。

二人のやり取りの後、眞辺は「眞辺です」と短く挨拶をして、倉田と名刺を交換した。

「俺も……この名刺を受け取るのは二枚目ですけどね」

「そうですね。お久しぶりです。またお会いできて嬉しいです。どうぞお掛けくださ い」

倉田は眞辺にも微笑みかけると、椅子に座って、眞辺と美尋の名刺をテーブルに並べて置いた。

その様子を見て、眞辺も腰を下ろしながら「こちらこそ」と言いかけたが、その後に続いた言葉は美尋の予想を裏切るものだった。

「……本当に。また会うことになるとは思っていませんでしたけど」

「ちょっと、眞辺！」

美尋は耳を疑った。慌てて自分も椅子に座ると、小声で叫びながら眞辺の肘を摘まんだ。しかし、眞辺は素知らぬ顔で、焦った様子さえ見せない。そのことが、美尋をいっそう不安にさせた。

だが、倉田は動じるどころか、愉快そうに笑った。

「杉浦さん、いいんですよ。これから彼とは腹を割った仲でありたい。気を遣った物言いはかえってしないでほしいんです。眞辺さんの作品に出会えたことは、あのフェスの一番の収穫でした。絶対にいつか一緒に仕事がしたいって思っていたんですよ。こんなに近くにいるのに、今までその才能に出会う機会がなかったなんて、本当に損してました」

「ありがとうございます！　そんなふうに言っていただけて、本当に嬉しいです」

美尋は興奮を抑え切れずに礼を述べた。「ね、眞辺」と笑顔を向けるが、当の眞辺は美尋の気持ちをグレーに塗りつぶすかのように、不愛想に言った。

「あなたがどうして、そんなに俺のデザインを気に入ってくれたのか、まったく理解できないんですけど。倉田さんのお立場なら、俺よりもっと優秀なデザイナーをいくらでもご存知なはずですよね？　それなのに、どうして今回、俺なんですか？」

「眞辺、何言ってるの……？」

美尋の身体に、変な汗が滲み始めた。目の前にいるのはクライアントだ。眞辺の横柄な態度に、美尋はパニックに陥りそうだった。

するとと倉田は、小さな笑いを含んで言った。

「ひと目惚《ぼ》れ……っていうのかな」

怪訝な表情で眞辺が「は？」と聞き返す。

「さっきも言ったでしょう？　いつかあなたと仕事をしたいって思ってたって。僕は自分の直感を大切にしている。いいものっていうのは、直感でとらえるものなんです。

あのときから、あきらめられなくて」

三人の間に妙な間が生まれた。倉田の言葉に説得力があったというよりは、倉田と眞辺の間に、美尋の入り込めない何かを感じたからだった。美尋は自分だけが蚊帳《かや》の外に置かれているような気がした。

すると、眞辺が小さく鼻で笑いながら沈黙を破った。

「あなたは何に……ひと目惚れしたんでしょうね？」

美尋は唖然《あぜん》としたまま、眞辺を見ているしかなかった。訳がわからず、口も挟めなった。

しかし、その直後、「じゃあ、始めましょうか。倉田さんもお忙しいでしょうから」と、突然何事もなかったかのように眞辺がその場を仕切り始めたので、美尋は我に返った。本来ならそれは美尋の役目だった。

散々眞辺にペースを乱された美尋は、倉田が気分を害していないかと冷や冷やしながら話の主導権を眞辺から奪って、本題へと軌道修正を図った。

クライアントである紅屋の新店舗で販売する商品や、リニューアルに対する先方からの要望、紅屋の客層など、デザインに関わるありとあらゆる情報をヒアリングした。

通常はクライアントから直接話を聞くところだが、今回はそれができなかった。それでも、どんな質問をしても、倉田が詳しく丁寧に答えてくれたため、聞きたいポイントはひととおり押さえることができた。

「しかし、クライアントの声を直《じか》に聞けないのは痛いですね」

眞辺はボールペンを指で遊ばせながら遠慮もせずに、ため息をついた。

「申し訳ありません」

倉田が頭を下げるので、美尋は再び眞辺の袖を引っ張った。

「仕方ないじゃない。今回は……」

「直接聞かなきゃイメージがわかないんだよ」

今度は美尋が眞辺に睨まれた。

倉田は先ほどまでの柔和な表情を引き締め、真剣な眼差しで眞辺を見る。

「申し訳ありません。無理を承知でお願いしています。正直に言うと……うちも一度いただいた依頼をクライアントに取り下げられてしまってますので、メンツが丸潰れなんです。頼み込んでなんとかチャンスをもらったんですけど、紅屋さまは『デザイナーを変えてほしい』の一点張りで。まあ……それまで動いていたデザイン事務所側も、もう遠慮したいってことだったんですけど……」

眞辺は「そのデザイナーも、そこが踏ん張りどころだっていうのに」と呆れてため息をついた。美尋も同感だった。何が起きたかはわからないが、どんなダメ出しを食らっても、そこで食らいついていけるかどうかが、未来を変えていくように思った。

　眞辺だって、その類《たぐい》の言葉を言われたことがないわけじゃない。だけど、粘り強く交渉し続けることで得られる信頼と達成感は、デザイナーにとっては格別のものだろう。それを知っている眞辺は、そこがデザイナーとして成長できるかどうかの分岐点だと言っているのだ。

「で、俺たちは四葉さんのメンツを守るために、難題を吹っかけられたわけだ。クライアントはこだわりも強いが、我も強い。そうでしょ？　容易に想像できますよ。うちに依頼するっていうよりは、ほかが引き受けなかったんじゃないですか？」

　眞辺は早口に話すと、倉田を責めるように上目遣いに見つめ、そのまま返事を待った。

「眞辺さんにはかなわないな。下手な小細工をして申し訳ありません」

　倉田は苦笑して、指を組んだ。

「正直に申し上げると、うちはもうお手上げ状態で。納期が短いことも重なって、引き受けてくれるデザイン会社がありませんでした。そのときに思い出したのが、眞辺さんの作品と、眞辺さんがくれた杉浦さんの名刺でした。あなたたちならなんとかしてくれるかもしれない……って思ったんです。すみません、そんな甘えた考えで」

　倉田はバツが悪そうにもう一度苦笑いを浮かべ、美尋と眞辺を交互に見て、改めて謝罪した。

「あ、あの、頭を上げてください」

倉田が顔を上げると、美尋はたずねた。

「あの……〝あなたたち〟って、眞辺のことはデザインを見ていただいているのでわかるんですけど、どうして私もなんでしょうか？　私のことは名刺だけで、ご存知じゃなかったんですよね？」

「あ、ああ、それは……」と倉田は言いかけて、眞辺の方をちらりと見た。何かを確認するような視線だったが、眞辺がなんの反応もしないので、倉田はそのまま続けた。

「眞辺さんが名刺をくれたとき、あなたが担当だということに加えて言ったんです。『自分のことを馬車馬《ばしゃうま》のように働かせる女』だって……。すみません。こんな言い方」

美尋は何を言われているのかわからず、一瞬ポカンとしたが、意味を理解して顔から火が出そうになった。

倉田が申し訳なさそうに謝るので、美尋は真っ赤な顔のまま首を横に振った。

「……言ったのは眞辺ですから」

笑ったつもりが、顔が引きつって上手く笑えなかった。眞辺を横目に睨むが、眞辺は目も合わせようとせず「そんなこと言いましたっけ？」などと言っている。

「まぁ実際、この案件、俺は遠慮したいと思ってたんですけど、杉浦のせいでこうやってここまで来ちゃってますから。コイツ、本当に俺にやらせるつもりですよ」

そして、眞辺は不敵な笑みを浮かべた。

「倉田さんの作戦勝ちですね」

「えっと……なんて言ったらいいのか。気を悪くされていたら申し訳ありません」

「別にいいですよ。それにいつもは鬼のような女ですけど、今回の案件を引き受けたら、杉浦が俺のためになんでもしてくれるって言うんでね」

眞辺が意味ありげに笑うと、倉田の視線が美尋をとらえた。

「なんでも……ですか」

「……できる範囲でですけど、私も精いっぱいやらせていただきます」

倉田はホッとするように小さく息をつくと、「よろしくお願いします」と微笑んだ。

三人は再び本題に戻り、打ち合わせを再開した。

予定していた時刻より二十分ほどオーバーして、初回の打ち合わせは終了した。


帰り道、美尋は緊張から解放され、来たときよりもゆっくり歩いた。眞辺は端《はな》から緊張などしていなかったようだが、美尋の歩く速度に合わせてくれていた。

美尋は、とっぷりと暗くなった空を見上げて呟いた。

「思ってた以上に大変かもしれないね……」

「そんなこと、初めからわかってただろ?」

倉田の話によると、紅屋側は今回のいざこざのせいで、デザイナーに不信感を持っているそうで、直接の打ち合わせには、もう応じてくれないということだった。

「そうだけど……やりたい気持ちが先行してて、眞辺みたいに冷静に考えられてなかった。……ごめん」

美尋は風になびく髪を耳に掛けた。

「別に、お前が謝ることねぇし、大変になるのはお前も一緒だろ」

眞辺の気遣いは嬉しかった。一方で美尋は別のことが気になっていた。

「この前聞いた、眞辺のデザインを気に入ってくれたっていう話は……本当だよね?」

大手の会社が眞辺のデザインを認めてくれたというのも、今回仕事を引き受けたいと思った大きな理由の一つだった。

倉田が話してくれた事情を考えると、都合がいい会社だと思われた面もなくはないのだろう。一方で、眞辺ならクライアントを満足させられると思ってもらったからこそ、代わりのデザイナーとして選ばれたに違いなかった。

美尋にたずねられ、眞辺は少し黙り込んでから、「さぁな」と素っ気なく答えた。

「どっちかっていうと、アイツが気に入ったのは……」

眞辺は何かを言いかけてやめた。美尋は小首を傾げたが、眞辺がそれ以上言う気配がないので、もう一度空を見上げた。

「……でも絶対、今回だって、眞辺のデザインを目にしたら気に入ってくれるはず。私が保証する。眞辺、頑張ろうね」

「へいへい。受けたからにはやるよ。仕事だからな」

眞辺からやっと前向きな言葉を聞いた美尋は、ホッと胸を撫で下した。

「ねぇ、眞辺」

美尋が突然立ち止まると、「なんだよ、急に」と、眞辺も足を止めて振り返った。

「さっき、直接ヒアリングできないとイメージがわかないって言ってたよね？」

「まぁな。やっぱ直接聞くのと、間接的に聞くのじゃ、違うだろ」

眞辺は嫌なことを思い出したように顔を曇らせた。

すると、美尋はにこりと笑って大きく一歩踏み出し、眞辺の隣に並んだ。

「だったら、一般のお客として紅屋に直接行ってみない？　実際に商品が並んでるところも見られるし、食べられるし。オーナーまでとはいかなくても、店員さんには少しなら話を聞けるかも。普通のお客があれこれ聞くぶんには問題ないでしょ？」

美尋の話に、眞辺は腕を組んでうなずいた。

「いいな。俺も店は見てみたい。実際の素材も見られるし」

「でしょ？　じゃあ、私、船越さんに相談して早速日程組むから」

美尋の心はすっかり明るくなって、足取りが軽くなる。そのまま眞辺を追い抜いて立ち止まる。

「よかったぁ」

美尋が空を仰ぐと、後ろから眞辺が「何が？」と声をかける。

「早速一歩前進じゃない？」

「……先は長いけどな」

眞辺がそう言うと、美尋は笑って答えた。

「最初の一歩が肝心なんじゃない。一歩踏み出せば、後はこっちのものよ」

今にもスキップを始めそうな美尋に「最初の一歩ね……」と、眞辺は考え込みながら呟いた。

二日間連続で会社に泊まった眞辺は、美尋の強い勧めもあって直帰することになり、二人は事務所に戻る前に別れた。

美尋が考えていた以上に、大変な案件であることはわかったが、それでも気分は重くなかった。美尋には、眞辺なら大丈夫だという確信があった。

「やっぱり頼りになるのよね……」

美尋は夜空に向かって呟いていた。

　事務所に戻ると、美尋はすぐに船越をつかまえて、四葉との打ち合わせの報告をした。

「これで上手くいったら、四葉に恩を売れるかもしれないな。眞辺がやる気になったなら問題ないだろ」

　船越も四葉の事情を聞くと少し複雑そうな顔をしたが、最後には明るく言った。

「杉浦。眞辺の機嫌を損ねないように気をつけろよ」

「できるだけ頑張ります」

　美尋が返事をすると、船越は「頼むぞ」と、さらに念押ししたうえで笑顔を見せた。

　報告を終えてデスクに戻ると、メールの確認などを手早く済ませ、美尋は帰り支度を始めた。

「今日は早いですね」

　橋爪が顔を上げ、時計と美尋を交互に見た。

「ごめん、今日は早く帰らせて。二日も徹夜じゃ、肌がボロボロになっちゃう」

　その言葉に反応して、橋爪が美尋をじっと見つめる。美尋は「見ないで」と橋爪の視線を手で遮った。

「眞辺さんは直帰ですよね？　さすがの眞辺さんもダウンか」

「尋常じゃない体力の持ち主だけど、その前も泊まり込みが続いてたから、さすがにね」

美尋は笑顔を見せながら、「後はお願い」と明るく言うと、みんなに挨拶をして事務所を出た。

駅に着くと、ホームに設置された時計は十九時を示していた。

久しぶりに早い時間帯に地下鉄に乗ると、部活帰りの高校生や大学生らしき若者の姿がいつもより目につく。彼らは少人数でグループを作り、車内に点々と分布していた。この時間になってもみんな元気いっぱいの様子で、座席が空いていても立ったまま、仲間との会話に花を咲かせているか、スマホの操作に夢中になっている。そのおかげで、混んでいるわりには、美尋はすんなり座席に座ることができた。

鶴舞駅で下車し、スーパーに寄った美尋は、最近は忙しくて素通りすることの多い生鮮食品のコーナーに足を運んだ。今朝の不健康な朝食を振り返り、懺悔《ざんげ》の気持ちもあったが、それだけではなかった。

美尋の頭の中では、倉田の顔がちらついていた。お洒落でカッコよくて、身に着けているものも質がよかった。心身ともに健康そうで、食べ物にもこだわりがあるように感じられた。きっとジャンクフードなど、めったに口にしないに違いない。

そう思ったら、美尋は自分だって今朝のような食生活ばかりしているわけにはいかないと、急に思い始めたのだ。

肉や生ハムは少量パックを選び、野菜も買いすぎると腐らせてしまうので、彩りも考えながら、バラ売りのものを何種類かカゴに入れた。最後にビールを買おうと酒類の陳列棚の前に立ったが、思い直してワインを買った。

スーパーの買い物袋に野菜をのぞかせて歩くのは、どこか気分がよかった。買い物を済ませてもなお、普段よりも早い帰宅だった。

家に帰った美尋は着替えを済ませると、ポトフとまではいかないが、買ってきた食材をたっぷりと使った野菜スープを作り始め、それを煮込む間に入浴を済ませた。普段はシャワーばかりだが、湯船に浸かると身体が温まり、疲れが取れていくのがわかった。

風呂から上がると、顔にパックを施し、手にクリームを取って、身体の各所をマッサージする。「徹夜で三日老けた顔が四日若返る」と自分に言い聞かせて十五分間待つ。

肌を十分にいたわってから鍋を見ると、煮込まれてだいぶ水分が減っていた。美尋は火を止めて、いよいよディナーを始めることにした。

「花でも買ってくればよかったかな」

ダイニングテーブルに並べた料理を見下ろして、美尋は満足げに笑った。彩りのいいサラダにスープ、それに合わせて選んだ白ワイン。我ながら頑張ったと大きくうなずいたとき、インターホンが鳴った。

「えぇ⁉　誰？」

せっかくの食事に邪魔が入り、美尋は迷惑そうにドアを見やる。カメラがついていないタイプのインターホンに向かって、声だけは愛想よく「はい」と短く応答する。

返ってきたのは同様に短い言葉だった。

「俺だけど」

その声に、美尋の眉間にじりじりと深い溝ができていく。「俺って誰よ……」と呟きながら、大きなため息をついて玄関に向かい、ドアチェーンを外した。

「〝俺〟と言えば俺だろ」

ドアを開けるなり、隙間から顔をのぞかせたのは、案の定、眞辺だった。

「……何しに来たのよ？　こっちは、もうすっぴんなんだけど」

美尋は思わず顔を片手で隠した。

「今さらお前のすっぴんに驚かねぇよ。風呂上がりなら、早く閉めないと風邪引くぞ」

眞辺は美尋を気遣ったのか、口実なのか、当然のように中に押し入ると、後ろ手にドアを閉めた。そして「お、いい匂い」と、その匂いの元をたどるように勝手に部屋の奥へ入っていく。

「ちょっと、まさかまた夕食目当てに来たの？　今日は帰りが早いだろうと思ってさ」

「まぁ、そんなとこ。昨日泊まりだったたから、今日は帰りが早いだろうと思ってさ」

こうやって眞辺が美尋の家に夕飯をたかりに来るのは珍しいことではない。

もともとのきっかけは、昔、美尋が休みの前日に会社にスマホを忘れたことだった。

その日、遅くまで残っていた眞辺が気づいて、美尋に連絡を入れようとしたものの、固定電話の番号がわからず、仕方なく家まで届けてくれたのだ。家の場所は何度かタクシーに相乗りしたことがあったので覚えていたそうで、美尋はお礼に残り物の夕食を部屋で振る舞ったのだった。

それ以来、ときどき眞辺は、夕食を目当てというか、あるときは時間潰しに、あるときは仕事の打ち合わせもかねて、あるときはビールを片手にやって来るようになった。会社でもしょっちゅう二人で泊まっているため、美尋も特に嫌とも思わず、来れば部屋に上げていた。

「来るなら連絡ぐらいよこしなさいよ」

美尋は眞辺の背中を追いながら声をかけるが、眞辺はお構いなくテーブルの前まで来ると、「グッドタイミングだったな」と椅子に腰を下ろした。

「早く食わねぇと冷めるだろ？」

まるで初めからそこにいたように眞辺に言われると、美尋も腑《ふ》に落ちないながらも、うなずいてしまった。

「なんなのよ、急に。二人分なんて作ってないし」

そう言いながらも美尋は一度盛りつけたスープを鍋に戻し、鍋に残っていたスープと一緒に温め直した。それを二人分に盛りつけ、取り皿とワイングラスを、もう一つずつ用意した。

目の前に置かれた皿を見て、眞辺がにやりと笑う。

「あるじゃんか、二人分」

「明日の朝食の予定だったの」

美尋が唇を尖らせると、眞辺はその顔を見つめた。その視線を払い除けるように美尋は顔の前で手のひらを動かした。

「急に来ておいて、人のすっぴん見て笑わないでよね」

「笑ってねぇだろ？　むしろ普段より可愛げあるわ」

「どういう意味よ？」

美尋がたずねると、眞辺が頬杖をつく。

「よくわかんねぇけど、女にとっては化粧も服と一緒で鎧《よろい》の一種だろ？　お前はたしかに仕事もできるけど、服も化粧も、わざとそう見せてるように思えるから」

眞辺が真面目に言うので美尋は面食らってしまった。しかも認めたくはないが図星だったので、すぐに返す言葉が見つからなかった。

美尋にとっては中身は当然のことながら、外見で〝デキる女〟を演出することは重要なことだったのだ。何より眞辺が〝鎧〟と口にしたことは、美尋にとっては何かを見抜かれているような気がしてドキリとした。

しかし、眞辺がすぐに「まあいいや、食おうぜ」と笑ったので、美尋の強張りかけた顔は解けた。

美尋がワイングラスにワインを注ぐ様子を見つめながら、眞辺がぼんやりと言う。

「なんでワインなんか飲んでんだよ?」

「いいじゃない。たまには」

美尋は軽く受け流して、眞辺のグラスに自分のグラスをぶつけて乾杯した。

「……しかも、激甘。今さら女ぶってどうするんだよ?」

グラスから口を離すと、眞辺が苦笑いした。

「何度も言うように女です。……だけどホントに甘い」

美尋は思わず舌を出した。普段ワインなんて買わないので、こんなに甘さに差があるなんて思わなかった。

「これはこれで悪くはねぇけど」と、眞辺はグラスを置いて持ってきたコンビニのビニール袋をテーブルに出した。中には缶ビールが四本と、チーズが何種類か入っていた。

「わ、デザート」

「これがデザートかよ？」

嬉しそうな美尋の言葉に眞辺は大笑いした。美尋はその間にビールとチーズを冷蔵庫にしまい、素早く戻ってきた。

「お腹空いた。食べよ？」

美尋が手を合わせると、眞辺も真似して手を合わせた。


「で、今日はどうしたのよ？　ほぼ徹夜明けなんだから、普通は家帰って、速攻寝るでしょ。っていうか、今、まだ起きてること自体、奇跡だよね」

食事が終わって、テレビ前のローテーブルで例のデザートを口に運びながら、改めて美尋が眞辺にたずねる。

食事中はいつものことながら、仕事関係の話で盛り上がってしまった。料理のほうは好評で、眞辺が美味しそうに食べる姿を見て、美尋もご機嫌だった。

「寝なくて大丈夫なの？　っていうか、ちゃんと寝なよ。身体壊すよ？」

カマンベールチーズを口に放り込んで、美尋がたずねる。すると、眞辺はビールを開けながら歯切れ悪く答えた。

「だよな……。でも、なんかお前と飯食いたくなって」

「ご飯なんて今日じゃなくてもいつでも一緒に食べられるじゃない。なんで今日なのよ？」

美尋は顔をしかめる。いくら体力のある眞辺でも、無理をしているようにしか思えなかった。しかし、眞辺は視線を泳がせるばかりで、なかなか答えようとしない。

「だけど……まあ、このデザートは嬉しかったけどね」

返事に詰まっていた眞辺が「だろ？」と顔を上げた。そして、美尋の笑顔を見ると、そのままその場に仰向けに寝転んでしまった。

「眞辺、わかってるだろうけど、目、閉じたらそのまま朝だよ？」

美尋は脅すように言った。二人ともそんな経験は、数え切れないほどしてきている。

「……そうなってもいいか？」

眞辺は自分の腕を額に乗せて、美尋に聞いた。

いくら会社には何度も二人で泊まっているとはいえ、さすがに自分の部屋に泊めたことはなかった。美尋は一瞬躊躇《ちゅうちょ》したが、ダメだと言ったところで、眞辺が自力で帰るのは無理そうに思えた。

美尋は眞辺を見下ろし、ため息を一つついた。

「無理やり帰らせたら、明日仕事来れなさそうだし、いいよ。眞辺に来てもらわないと私も困るから」

美尋はそう言って立ち上がると、眞辺の寝ている近くに、来客用の布団を一式準備した。眞辺は這うようにしてなんとか布団の中に納まる。

「私もすぐに寝るから」と、美尋はリビングの電気を消すと、キッチンの小さな電気をつけて片付けを始めた。

眞辺は布団に潜ったきり返事をしなかったので、もう寝たものだと思った美尋は、物音に気をつけながら普段どおり洗濯を済ませ、ルームランプの明かりで雑誌を開いた。

毎月、デザイン関係の雑誌はもちろんのこと、ファッション雑誌やグルメ雑誌など何冊か雑誌を購入しては、誌面構成などの勉強のために読むのだ。

「……いつになったら寝るんだよ?」

数ページめくったところで、ぼんやりとした眞辺の声がした。振り返ると、眞辺が掛布団から顔をのぞかせている。

「ごめん、起こした?」

美尋は謝ったが、眞辺は「別に……」と言葉をにごした。

「寒い?」

寒さのせいで目を覚ましたと思ったので、そうたずねたが、眞辺は微笑んだ。

「俺の家よりあったけえよ」

「ならよかった」と、美尋も静かに微笑んだ。そのまま雑誌に視線を戻すと、眞辺が真面目な口調で聞いてきた。

「お前……前の男と別れてどれくらい？」

「……どうしたのよ、急に」と、美尋は雑誌を見たまま小さく笑い、ページを一枚めくった。

「別に……。ただ、聞いたことなかったなと思って」

美尋は少し沈黙した。話そうか話すまいか迷ったからだ。美尋にとってはあまり触れたくない話題ではあったが、ここで言いたくないなどと駄々をこねるのも、不自然に思えた。

「二年くらい……前かな」

たしか、ちょうど眞辺がアートプレイデザインに転籍してきた頃のことだ。眞辺も当時に思いを馳《は》せているのか、小さな声で「二年か……」と呟いた。

眞辺の作った間が美尋の鼓動を速める。思い出したくない記憶がよみがえりそうになる。

「お前は……欲しくならねえの？　人肌」

眞辺の言葉に、美尋は現実に引き戻され、眉をひそめた。

「またその話？　〝欲しい〟って言わせたいんだろうけど、正直、今はあんまり。仕事が楽しいし。実際、そんな時間ないしね」

「バーカ。時間なんて、その気になったらいくらでも作れるんだよ」

「じゃあ、本当にその気になってないだけ。今はいいの」

美尋はきっぱりと言い切ったが、眞辺は納得いかないのか、話をやめようとはしなかった。

「なんで別れたんだよ？」

「なんでって……」

部屋は暗く、眞辺は寝そべったままなので、美尋の表情まで見えていないだろう。それでも美尋はわずかに眞辺から顔を背け、また一枚、雑誌のページをめくった。

「……ありきたりな理由。価値観の違いかな……」

まるきりの嘘ではなかった。

「マジでありきたり」

「つまらない理由でごめんね」と、美尋は笑顔を向けて雑誌を閉じた。

「そろそろ寝るね。お疲れさま」

「〝お疲れさま〟じゃなくて、〝おやすみ〟だろ」

「そうだね。おやすみ」

美尋は眞辺が寝ている布団をよけて、部屋の角に置いてあるベッドに入り、布団をかぶった。眞辺の予想外の質問に気持ちが高ぶったが、部屋の中の静けさが徐々に鼓動を落ち着かせてくれた。

睡魔がやってきたのは、それから少し後のことだった。


翌朝の目覚めは悪くなかったが、布団から出るのが億劫だった。布団の中で、時間が巻き戻ればいいのに……と、無駄な祈りを捧げる。しかし、すぐに意味のないことを悟り、現実に慣れるために首まですっぽり潜っていた布団から肩まで出した。

眞辺はまだ眠っているのか、物音はしない。直接顔は見えないが、眞辺の身体を包む羽毛布団がゆっくりと膨らんではしぼんでいて、文字どおり息遣いが伝わってくる。見ているだけで催眠効果がありそうなその揺れから目をそらし、美尋はなんとかベッドから抜け出した。

眞辺が寝ている間に朝食の準備と化粧を済ませ、八時になってから起こした。キッチンから呼んでも返事がないので、美尋はそばまで行って顔をのぞき込んだ。

眞辺はまだすやすやと眠っている。美尋は「写真でも撮っておこうかな……」と思いながら、眞辺の顔をまじまじと見つめた。

「……そんなに見られると感じるんだけど」

男性にしては長いまつ毛が震えて、眞辺のまぶたがゆっくりと開いた。

「起きてたの？」

「起こされたんだろ」と、眞辺はむっくりと上半身を起こした。

「ゆっくり眠れた？　あんまり疲れ、取れなかったんじゃない？」

美尋はキッチンに戻り、ガス台の上でフライパンを熱し始めた。

「そんなことねぇよ。それに、朝飯付きだろ？」

眞辺は伸びをしながらキッチンに顔を向ける。

「たいしたものじゃないけどね。さ、ご飯にするから顔洗ってきて。寝ぐせひどいし」

眞辺はしばらくして布団から出ると、美尋の背中に「嫁さんみたい」と言って通り過ぎ、洗面所へ行った。

「お母さんの気分よ」

美尋は笑い、テーブルの上に朝食の準備を整えた。

眞辺と二人で朝食を食べるという状況に慣れていないため、違和感のあるのは否めないが、お互いに飾る必要がないので、ギクシャクした空気にはならなかった。ご飯とみそ汁と目玉焼きというごく平凡な食事を、二人はいつもそうであるかのように小さなテーブルで向かい合って食べた。

「今日のラッキーカラー、黄色だ」

美尋がそう言ったのは、目玉焼きの黄身に箸を入れたときだった。中からとろりと色鮮やかな黄身が溢《あふ》れ出すのを、「見て、綺麗だよ」と、プレートを斜めにして眞辺に見せた。濃厚な黄身の色は、少しオレンジ色がかっていて鮮やかだった。

「朝からそんなことでテンション上げられるって、幸せ者だな。しかもラッキーカラー、自分で決めるのかよ？」

「そうそう、自分で決めるの」

眞辺は呆れたように言ったが、どことなく口元が笑っていた。

朝食を済ませて身支度を整えると、二人で一緒に部屋を出た。エレベーターの到着を待っていると、眞辺が美尋を見て口を開いた。

「お前、そのスカーフ」

「気づいた？」

美尋は胸元のスカーフを上下に撫でた。自分で決めたラッキーカラーである黄色地の、水色と白色の馬具柄の大判スカーフだった。

美尋は眞辺に得意げに見せると、バッグの中を探って「ハンカチもだよ」と、黄色の花柄のハンカチを取り出して見せびらかした。

眞辺はもう一度「幸せなヤツ」と言って笑った。

表に出ると、中央線西通には、片側三車線ある道路に信号待ちの車がぎっしりと並んでいた。歩道を歩くと、排気ガス混じりの冷えた風が地面から吹き上げて、美尋の髪の毛をふわりとなびかせた。

通勤ラッシュの過ぎた少し空いた電車に乗り込み、二人で並んで座席に座り、揺れながら話をする。いつもどおり話題のほとんどは仕事に関してだが、二人にとっては充実した打ち合わせの時間だった。

伏見《ふしみ》駅に到着し、改札を抜けて地上に出ると、オフィスビルの隙間から青空が出迎えてくれた。

そのとき、近くでクラクションの音が弾けた。美尋と眞辺は、歩道にいた数名の歩行者と同様に車道に目を向けたが、何かトラブルが起きているような様子はなかった。美尋が進行方向に顔を戻すと、それを妨げるように再び軽いクラクションが鳴った。続いて二人の視線の先に、白い外車のステーションワゴンがウィンカーを点滅させながら歩道に幅寄せして、車を停めた。

眞辺は、無言で美尋を自分の背中の後ろに押しやった。二人が身構える中、助手席の窓が開いた。

「やっぱり、お二人でしたか」

　ハンドルを支えに運転席から身を乗り出したのは、倉田だった。

「倉田さん⁉　おはようございます！　昨日はありがとうございました」

　美尋は倉田の視線に合わせるように身体を折り曲げて挨拶をした。眞辺も遅れて車の窓をのぞき込みながら「こんなところで、よく俺たちに気づきましたね？」と、少し嫌味を感じさせる言い方でたずねた。挑発するような眞辺の口調が気にはなったが、美尋も同じことを思っていた。

「そのスカーフ、遠くからでも目立ってましたから」

　倉田は眞辺の嫌味を気にする様子もなく、美尋の胸元のスカーフを爽やかな笑顔で指さした。

「これ……ですか？」

　シワになることも忘れて、美尋がスカーフを握りしめると、倉田は笑顔を見せてうなずいた。

「どうです、よかったら乗って行きませんか？　足止めしちゃったお詫びに送りますよ」

　倉田の突然の申し出に、初めは遠慮したものの、四葉エージェンシーとの絆を深めたいこともあって、美尋は渋る眞辺の腕を引いて後部座席に乗り込んだ。

　二人がシートベルトを締めると、車は音もなく走り出した。

「ぼんやり運転してたら、そのスカーフが目に飛び込んできたんですよ。ふと視線を向けたら杉浦さんだったんで、僕もビックリしました。ついクラクションを鳴らしてしまって、すみませんでした」

「そうだったんですか……」

返事をしながら、美尋の頬が内側から熱くなる。

「素敵ですね。杉浦さんに似合ってます」

ごく自然な感じでかけられた言葉に、ますます頬が熱くなる。

美尋は倉田のミラー越しの視線に頬を赤らめてうつむいた。それでも、何か話さなければと思って、ラッキーカラーの話をした。

「へぇー。自分で決めるラッキーカラーなんですね。そんなこと、一度も考えたことがなかったなぁ。今日も杉浦さんにいいことがあるといいですね」

倉田は目を細め、感心するようにそう言ってくれた。

「ありがとうございます。でも、倉田さんに見つけていただいたんで、もう十分いいことがありました。あ、今日はハンカチも黄色にしたので、いつも以上に効果があったのかもしれません」

美尋は一人納得しながら倉田に言うと、「ほらね、すごいでしょ」と、先ほどから一言もしゃべらない眞辺に小声で言った。そして、バッグからハンカチを取り出すと、得意気に眞辺に見せつけた。

「はいはい、よかったな。お前、スカーフ曲がってるぞ」

眞辺はハンカチにはちらりと目をやっただけで、美尋のスカーフの端を引っぱった。

倉田は前を向いたまま、にこやかに二人のやり取りを聞いていた。

「お二人は仲がいいんですね。朝から一緒に出勤ですか？」

倉田がバックミラー越しに二人を見た。

「いえ、そんなこと……。今日はたまたま一緒なだけで……」

美尋が同意を求めて隣を見ると、眞辺は一瞬美尋に目をやった後、バックミラーの中の倉田に向かって話しかけた。

「そうなんです。夕べ、コイツの家で打ち合わせをしたんで」

美尋は顔をしかめた。この場でその話はしてほしくなかった。

案の定、倉田がその話題を掘り下げてきた。

「打ち合わせを……杉浦さんの家で？　お二人で泊まりですか？」

間髪入れず、眞辺は「はい」と答えると、美尋の顔を愉快そうに見る。

「と、泊まりといっても、眞辺が眠り込んでしまって仕方なく……。徹夜続きだったので、起こすのも忍びなくて……」

美尋が必死で弁解する姿を、眞辺は笑いを堪えながら隣で聞いている。

するとと、倉田が視線をバックミラーからフロントガラスに戻して言った。

「お二人は本当に信頼し合ってるんですね。昨日お会いしたとき、相性が良さそうには見えましたけど」

「えっ⁉　そんなふうに見えてたんですか？」

そう言って、美尋が眞辺の様子をうかがうと、眞辺も美尋に顔を向けていて、お互いの視線が重なった。そこに割って入るように倉田が付け加えた。

「あ、すみません。あくまでも仕事のパートナーとしての相性ですけどね」

美尋がバックミラーをのぞくと、笑った倉田の目だけが見えた。美尋は倉田の言葉にいささか違和感を覚えたが、その正体がわからず、何も口にしなかった。

すると、突然眞辺が「ここで停めてください」と言った。

気がつけば、もう会社のそばまで来ていた。美尋たちの会社は、大通りから奥へ入らなければならないため、眞辺は車の停めやすい大通りで停車させたのだろう。倉田は会社の前まで送ると言ってくれたが、さすがに遠慮した。

先に美尋がお礼を言って車を降りた。歩道に上がって振り向くと、眞辺が開いている車の窓越しに、倉田に何か耳打ちしているところだった。ちょうどそのとき、風が吹きつけ、美尋の髪を大きくなびかせた。美尋が風に気をとられているうちに、眞辺が歩道に上がってきた。

倉田はクラクションを一つ鳴らすと、車を発進させた。

「倉田さんと会うなんて、ビックリだったね」

小さくなっていく倉田の車を見つめながら、美尋が言った。

眞辺が返事をしないので、「しかも車、乗せてもらっちゃったし」と続けると、眞辺は「いい迷惑だったけどな」と不満げに口を開いた。

「なんで迷惑なのよ？　おかげで余裕で着くじゃない」

美尋は腕時計を見た。時刻は始業の三十分前を指している。

「俺は朝と帰りに会社まで歩いて、運動不足を解消してるんだよ。車に乗ったら意味ねぇだろ」

眞辺はそのせいか急に早歩きになった。美尋は眞辺の背中についていく。

「いいじゃない、今日くらい。倉田さんの厚意なんだから」

その言葉に、眞辺は歩きながら一瞬振り向いて、納得のいかないような視線を向けた。ふと美尋は、眞辺が車の降り際に倉田と言葉を交わしていたことを思い出した。

「ところで、さっき車降りるとき、倉田さんと何話してたの？」

美尋がたずねると、眞辺は歩くスピードを少し緩めて、「知りたいか？」と聞いてきた。美尋がうなずくと、眞辺は悪びれもせずに答えた。

「俺たち、プライベートでも結構いい相性なんですよ、って教えてやったんだよ」

美尋は目を見開き、「なんでそういう冗談言うのよ！」と眞辺の肩を叩いた。眞辺は鼻で笑うと、真っすぐ前を向いた。

「お前……今、そこら辺の女と同じになってるって気づいてるのか？」

「何よそれ、どういう意味？」

美尋は眉をひそめた。すると、眞辺がついさっきまでと変わって真面目な様子で、そして少し不機嫌そうに話した。

「倉田の甘い顔も、優しい言葉も全部仕事用。車に乗せたのも、昨日の打ち合わせで、俺たちが機嫌を損ねてないか確かめたかったんじゃねぇの？　向こうにしてみたら、俺たちにまで手を引かれたら、さすがに打つ手なしだろ。今度こそ本当に面目丸潰れになるから必死なんだよ」

「そう、かな……」

困惑する美尋の言葉を、「そうなんだよ」と眞辺が打ち消す。

「お前ならもっと仕事のアンテナ張ってると思ったのにな」

眞辺は歩幅を広げて、美尋との距離を空けた。

美尋は眞辺にダメ出しされたような気がしてムッとした。しかし、返す言葉もなく、せめてもの抵抗に大股で眞辺を追い抜いた。

会社に到着すると、一番乗りだと思っていたのに、ドアの鍵が開いていた。

「おはようございます……」

二人で見えない相手に挨拶すると、給湯スペースの奥から橋爪がヌッと姿を現した。

「おはようございます」

橋爪はコーヒーをすすりながら二人に近づいてきた。

「橋爪くん、今朝も早いね。何かあった？」

昨日橋爪が、泊まり込みが続いた眞辺を気遣って、早めに出社していたことを美尋は思い出した。けれども、眞辺は夕べ直帰だった。あの後、何かトラブルでも発生したのではないかと思い、美尋の胸に不安がよぎる。

「別に何もないですよ。ちょっと早起きしただけで。それより、お二人は何かあったんですか？　こんな時間にお揃いで出勤なんて」と、橋爪は再びカップに口をつけた。

「あ、うん……駅で偶然……」

眞辺を家に泊めたことは伏せ、美尋は目を泳がせながら慌てて即席の言い訳をした。

しかし、橋爪は美尋の言葉を右から左に聞き流し、「もしかして、夜通しで打ち合わせですか？」と、今度は眞辺に向かってたずねた。

「だから駅から一緒だったんだってば！」

美尋が横から口を挟むものの、橋爪の冷めた表情は変わらなかった。むしろ呆れているようだった。

「杉浦さんは本当に嘘が下手ですね。嘘つく前に『今から嘘つきまーす』って、思いっ切り顔に出ちゃってるんですよ」

自分でも嘘が上手いとは思っていないが、橋爪に断言されてしまい、美尋は黙り込むしかなかった。

「別に……杉浦さんと眞辺さんが一晩一緒にいたって、変な想像なんてしませんよ」

橋爪が抑揚のない声で言う。

美尋は「そうだよね……」と、消え入りそうな声で呟いた。年下相手に必死に言い訳してしまった挙句、軽くあしらわれたことが恥ずかしかった。

すると、橋爪はコーヒーの香りとともに、「杉浦さん、もう少しプライベートも大事にしたほうがいいですよ」と言い残して、二人の間を通り抜けた。

らしくないその冷たい言い方に、「橋爪くん、機嫌悪いのかな?」と、美尋は眞辺に耳打ちした。眞辺は「さぁな」と、まるで関心なさそうに言うと、さっさと席に着いてしまった。

始業時間を三十分ほど過ぎた頃、朝一で立ち寄りだった船越が出社してきた。

美尋は船越のデスクに向かい、早速、眞辺と紅屋の現地調査に出かけるプランについて相談し、了承を得た。美尋は自分と眞辺のスケジュールを確認し、そして、可能な限り早い日程を選んだ結果、明後日の金曜日に向かうことになった。予定をパソコンのスケジュール表に入力しながら、この案件が動き始めたことに、気持ちが高ぶるのを感じていた。

スケジュール表を眺めていると、画面の隅に、メールを受信したアイコンが表示された。メールボックスを開いてみると、倉田からだった。紅屋の件だと思ってメールを開いた美尋は、思わず小さな声をもらした。

「嘘……」

美尋は画面から顔を離すと、足元からバッグを引っ張り出し、慌てて中を探った。そして、「本当だ……」と呟き、肩を落とした。

倉田からのメールは、ハンカチが車に置き忘れてあったので、都合がいいときに返したいというものだった。

たしかにバッグに戻したはずのハンカチは、どこを探しても見当たらなかった。おそらく今朝、ラッキーカラーの話を車でしたときに落としてしまったのだろう。

「私のバカ～」

美尋が叫ぶと、向かいに座っていた眞辺と橋爪が何事かと顔を上げた。

その声は船越にまで聞こえてしまったようで、「杉浦、何かあったのか?」と、離れた席から声が飛んできた。

「い、いえ、なんでもありません。仕事とは関係ないことで……」

船越を安心させるためにそう答えると、眞辺と橋爪がいっそう怪訝そうな顔をした。

「なんでもないから……」

美尋は二人の視線から逃れるように身体を小さくして、再びメールを見た。自分のそそっかしさに顔から火が出そうだった。

返信ボタンを押して、カーソルの点滅を見つめながら、しばらく思案する。まず初めに連絡をくれたお礼をかしこまった文体で記した後、「ハンカチは次回の打ち合わせ時で構わない」という旨の文章を付けて返信した。

依然、心は乱れたままだが、美尋は無理やりにでも仕事に意識を向けた。人の能力はある程度決まっているから、時間を無駄にしたぶんだけ、仕事が遅れてしまう。朝の失敗を悔いてばかりもいられなかった。

美尋は本日締め切りの雑誌のページデザインの補助に入った。クライアントからの大量の修正依頼が反映されているか、チェック作業に取りかかる。

案件によっていろいろだが、この雑誌の場合、美尋の会社で記事の文字修正まで丸ごと引き受けていた。今回は結婚式場の一覧表が数ページにわたってあり、住所や特徴などを記した小さな文字を、間違いがないか神経を尖らせて確認していく。特に電話番号や料金等の修正もれは致命的で、大問題に発展する可能性があるため、気を抜けない。

そうやって完璧な状態にしたデータを戻すと、さらにクライアントから新たな修正依頼が入る。この流れをお昼抜きで何度も繰り返し、ようやくＯＫが出たのは、印刷所にデータを入稿するデッドラインの三十分前、十四時のことだった。最後に船越の確認を得て、なんとか納品の時間に間に合わせることができた。

ようやく解放され、ほぼ半日放っておいたメールをチェックする。返事を急がなければいけない案件がいくつかあった。

「おい、杉浦。お前は飯、どうする？」

そう声をかけた船越の後ろには、たった今、入稿を終えたばかりのメンバーが連なっている。労をねぎらうため、お昼をご馳走するつもりなのだろう。

「すみません。メールの返信に時間がかかりそうなので、先に行ってください」

美尋が返事をすると、船越は手を挙げ、その後ろに続くみんなは会釈して、フロアを出て行った。

ふと気づくと、フロア内は美尋一人だった。眞辺ほか数名の社員は撮影の立ち合いや打ち合わせに出かけていて、たしか橋爪は遅めの昼休憩で食事に行ったはずだ。美尋は空調の音しかしない静かな事務所で、思い切り伸びをした。

美尋のスマホが着信を知らせたのはそのときだった。

「今、電話してても大丈夫かな？」

電話は倉田からだった。倉田の砕けた言葉遣いがつい先ほどまで張り詰めていた美尋の心を和ませる。少し潜めた声のトーンとその口ぶりから、仕事の話ではなく、今朝のメールの続きだとすぐにわかった。

「はい、大丈夫です。今からちょうどお昼休みです」

「今朝のメール、杉浦さんがあんなに謝るから、僕のほうが悪いことしたなって思って。車に誘ったのは僕だから」

倉田は外からかけているらしく、声に混じって風の音が聞こえる。

「いえ、そんなことないです」

美尋は首を大きく横に振った。いつもより心なしか高い声になってしまっている気がする。眞辺や橋爪が席にいなくて幸いだった。

「私の不注意で、倉田さんにご迷惑をお掛けして申し訳ないです。次回の打ち合わせのときまで預かっておいていただけたら助かります。あ、でも、ご迷惑でしたら倉田さんのご都合がよろしいときに、うかがわせていただきます」

「いや、そんなことしなくて大丈夫だよ。迷惑だなんて思ってないし……」

その言葉尻に微妙なニュアンスを感じて、スマホを耳に押し当てると、意を決したような倉田の声が美尋の耳に届いた。

「僕のほうはラッキーだって思ったくらいだから」

「ラッキー……ですか？」

「そう。これを口実に杉浦さんに会えればラッキーだな……って」

語尾で少し間があったのは倉田の照れの表れなのだろう。

美尋は冗談だと思いつつも動揺していた。相手が得意先なので笑い飛ばすわけにもいかないし、心の底で甘い言葉に喜んでいる自分もいた。

「黄色、僕にとってもラッキーカラーだったよ」

美尋が黙ったままなので落ち着かないのか、倉田はすぐに慌てて言い足した。

「あ、ごめん。僕にとってはそうだったけど、杉浦さんにとっては……そうとも言えないよね？　今日は何かいいことあったかな？」

あの凛々《りり》しい倉田が困った様子で早口になったので、美尋は思わず笑ってしまった。

「ありましたよ。朝は倉田さんに会えましたし、私のドジのせいですけど……こんなふうに連絡もいただけましたから」

美尋にしては大胆な言葉だった。倉田は驚きと喜びが入り交ざったような小さな声で「よかった」と、安堵の息をついた。

美尋が笑い声をもらしそうになったちょうどそのとき、ドアの方で物音がした。誰かに、とりわけ眞辺に、こんな会話を聞かれるわけにはいかなかった。

「倉田さん、また私のほうから改めて連絡させていただいてもいいですか？」

物音を気にしていたせいで小声になってしまったが、倉田はすぐに察してくれたようだった。

「貴重なお昼休みに時間取らせてすみません。夜ならいつでも大丈夫です」

急にかしこまった物言いに変わったのは、美尋への気遣いだろう。

「はい。ありがとうございます」

美尋も同様にかしこまった返事をしたときには、眞辺がもうすぐそばまで来ていた。

「お、お疲れさま」

倉田との電話を切るのと、眞辺に声をかけたのはほぼ同時だった。眞辺は返事もせずに、美尋の顔を怪訝な表情で見つめた。

「な、何？」

思わず美尋が身体をのけ反らせると、「こっちのセリフだ。なんだよ？」と眞辺のほうも表情を硬くする。

「どっかからヤバい電話かよ？　まさか全替えとか？」

〝全替え〟とは、原稿丸ごとの差し替えのことだ。レイアウトや文字の置き方も組み直さなければならず、眞辺たちデザイナーにとって最悪の知らせだ。どうやら誰かに聞かれまいとして焦っていた表情が思いのほか険しく、眞辺に誤解を生んだのだろう。

「そんなことない。大丈夫だから」

「じゃあ、なんなんだよ？　なんか苦情でもきたか？」

「だからなんでもないって」と、美尋は否定しながら、眞辺の勘の鋭さにたじろいでいた。

「だいたい、眞辺がそんな修正なんてあるわけないじゃん」

美尋は話をそらしながら、眞辺の機嫌をうかがうように上目遣いで見る。

「……今はな。昔は苦労してたの知ってるだろ」

美尋が返事をしようとすると、橋爪が戻ってきた。

「お疲れさまです。あれっ⁉　杉浦さんまだお昼行ってなかったんですか？」

「ああ、うん。これから。眞辺は？」と、美尋が聞くと、眞辺もまだ食べていなかった。

「じゃあ、適当に眞辺のぶんも買ってくるね」

美尋は逃げ出すように二人を残して事務所を出た。

外に出ると、吹きつける風が爽快だった。倉田との電話で体温が上がり、その熱がまだ冷め切らないせいかもしれない。

先ほどの会話を思い出し、一人にやける口元を隠すため、美尋は唇を噛んで首をすくめた。

自分から連絡するなどと言ってしまったが、なんと言って電話すればいいのだろうか。しばらく恋愛の駆け引きなどしていないので、勝手がわからなかった。しかし、これ以上考えていると、この後の仕事に差し支えそうだったので、頭の回路を切った。

美尋は近くのコンビニに入ると、店内を物色した。普段、食べ物のことになると優柔不断なところがあるが、今日の美尋はすぐに商品を選択した。

「あ、眞辺、これ好きなんだよね」

レジに向かう途中で、美尋は眞辺の好きな白いちぎりパンを手に取った。二人で一緒にコンビニに入るときには必ずといっていいほど眞辺が買っている、チョコクリームがたっぷり入った商品だった。美尋はそれを最後にカゴに入れると、支払いを済ませて会社に戻った。

「お前、何か魂胆でもあるわけ？」

美尋が眞辺のために弁当を温め、お茶を出し、最後にチョコレートクリームのパンをデスクに置くと、眞辺は礼を言うより先に顔をしかめた。

「何もないわよ。こういうときは素直に『ありがとう』でしょ？」

それでも眞辺は訝《いぶか》しげに美尋を見たままだった。

「早く食べなよ。私もそんなにゆっくりしてられないから食べるね」

美尋は席に座り、遅い昼食を取り始めた。いつものコンビニランチだが、満たしてくれるのはお腹だけじゃなかった。美尋が大きな口で頬張ったたまごサンドも、今日のラッキーカラーだった。

夜が来るのが待ち遠しくもあり、怖くもあった。いつもと変わらないはずの時間の流れが、気持ちを煽《あお》るかのように早く感じられた。

夕方から美尋は大量に溜まっていた取材写真の整理を行う。カフェを特集したページ用の材料で、紹介する店の数が多いこともあって、カメラマンからはゆうに五百枚を超える写真画像が届けられていた。

最終的な使用写真はデザイナーと先方の編集者が意見をすり合わせて決めるが、その前段階としてカットの絞り込みを美尋は手伝っていた。一見、簡単そうに思えるが、似たようなカットからベストな一枚を絞り込むには、センスと経験が不可欠だった。その点、美尋は元デザイナーということもあって、勘所を心得ていた。

途中、ほかのクライアントとのやり取りなどもあり、気づけば二十二時になろうとしていた。だいぶデスクに空席が増えた中、美尋と眞辺は昼間と変わらぬテンションで仕事を進めていた。美尋が自分のデスクから、斜め前の眞辺に声をかける。

「眞辺、そろそろデザイン案、作らなきゃいけない感じだけど、先に素材を渡しておいてもいい？」

「納期はどうなってる？」

「来週中」

「来週中って、やけに幅あるな。最悪金曜でもいいってことか？」

「まあ、そうだね。ただ、知ってのとおり、先にデザイン案を通しておくと、手分けできるから進行的にはラクだけど。今、写真の整理は済ませちゃったし」

美尋は眞辺との会話の最中もキーボードを打ち続けていたが、ふと指を止めた。そして、デスクに置いてあるスマホを手に取り、浮かび上がるデジタル時計に目をやった。

夜に電話をするというあいまいな約束だったが、すでに二十二時を過ぎていた。家に着くのを待ってからでは日付が変わってしまう。眞辺と夜中の一時や二時に連絡を取り合うのとはわけが違う。

「……ごめん、ちょっと電話してくる」

スマホを手にして立ち上がると、眞辺が何か言いたげに美尋を見上げた。こんなふうに断りを入れて電話をかけにいくのは珍しいからだろう。美尋は黙って席を外せばよかったと後悔した。

「……実家。あんまり遅いとうるさいから」

美尋は言い訳に、本当と嘘を織り交ぜた。

もちろん、実際には連絡などしない。もしもこんな時間に連絡したら、遅くまで仕事場にいることがバレて、うるさく言われるのはわかっている。そのこともあって、実家にはしばらく連絡もしていなかった。

「ああ……そっか。今度の紅屋、お前の実家の近くだもんな」

偶然にも眞辺がもっともらしい解釈をしてくれたので、美尋は「うん、一応言っておこうと思って」と話を合わせて、休憩スペースへ向かった。

物音があったほうが、誰かに聞かれる危険性が少ないと思い、お湯を沸かしながら倉田に電話をかけた。そわそわしながら片方の耳ではコール音を聞き、もう一方の耳では眞辺のいる方へ神経を使った。実際、そんなことが可能かどうかは別にして、美尋はそういう気持ちだった。

しばらくして、「はい」という心地のいい声が耳元に届いた。

「……あ、アートプレイデザインの杉浦です」

名乗った後で「いつもお世話になります」と挨拶すると、倉田が笑った。声をひそめたせいか、はたまたその声が静まった事務所で独特の響きを持たせたせいだろうか、倉田には美尋の今の状況がすぐにわかったようだ。

「まだ仕事中なんですね？」

「はい。あまり遅くなってしまっては申し訳ないと思って……」

すると、倉田は先ほどよりも大きく笑った。電話越しに周囲の足音が聞こえてくる。その響きから倉田もまた、社内のようだった。美尋は一瞬で、あの四葉のビルの廊下を思い浮かべた。

「僕にはそんな気を遣わなくていいですよ。杉浦さんの仕事のことはわかっているつもりだから。それに、きっと杉浦さんより僕のほうがいつも遅いんじゃないかな」

そう言って、倉田は再び笑った。「そうかもしれないですね」と美尋もつられて笑う。

「それに、杉浦さんからの電話だったら、何時だって出ますから。今晩にでも試してみてください」

倉田の言葉の一つひとつが美尋の心を刺激する。

「そうやって、仕事の電話は何時でもお受けになってらっしゃるんですか?」

声が震えないように意識しながら美尋がたずねると、電話の奥で倉田が穏やかに微笑んだ気配がした。

「仕事の電話は適当に。二十四時間受け付けてるのは、杉浦さんからの連絡だけです」

倉田があまりにも過ぎた冗談を言うので、美尋は戸惑いを隠すので精いっぱいだった。

「……冗談がお上手ですね」

自分の鼓動の高鳴りで、相手の声が正確に耳に入ってきているのか不安だった。美尋はそっとスマホを耳に押しつけた。

「僕は冗談を言うのは苦手です」

それでも信じられずに、しつこいと承知のうえで、美尋はもう一度本心を探る。三十路近くなって、痛々しい勘違い女にはなりたくなかった。

「そんな言い方すると……女性はみんな本気にしちゃいますよ？」

言った後に笑ったつもりが、緊張で顔が引きつる。ごくりと唾を飲み込むと、倉田の穏やかな声が耳に流れた。

「杉浦さんにだったら、本気にしてもらったほうが嬉しいかな」

そう言うと倉田は、「仕事が終わったらまた」と一言添えて、すぐ電話を切った。

倉田が返事を待たずに電話を切ったのは、彼の照れ隠しのような気が美尋にはした。

美尋はしばらくの間、通話が切れたスマホを呆然と見つめていた。

女はギャップに弱いとよく言うが、自分には当てはまらないものだと思っていた。しかし、大手企業の第一線で活躍する倉田が見せた少年のような一面に、美尋の心は大きく揺らいでいた。

自分が今、どんな顔をしているのか不安だった。頬の筋肉をよくほぐし、コーヒーを淹れてからデスクに戻った。コーヒーの香りが湯気と一緒に、美尋の思考のようにゆらゆら揺れていた。

「空きっ腹に立て続けにコーヒーって、嫌がらせか？」

カップを眞辺のデスクに置くと、眞辺が顔を上げた。

「あ、ごめん。つい……」

無意識に眞辺のぶんも淹れていた。眞辺のデスクにはまだ飲みかけのコーヒーがあったので、コーヒーが二つになってしまった。

「ごめん。片付ける」

手を伸ばそうとすると、眞辺は「いいよ、別に」と、美尋より先にカップを持ち上げて口をつけた。

心が乱れていて、とても仕事に集中できそうになかった。けれども、少し経つと落ち着いてきて、逆に頭は冴《さ》え渡った。おかげで、意外にも仕事ははかどり、美尋は終電を待たずに帰宅した。

深夜一時。美尋は夢か現実かも確信が持てず、半信半疑のまま、倉田に電話をかけた。

「お疲れさま。待ってましたよ、杉浦さん」

倉田は電話に出ると、先ほどよりもリラックスした声色で話してくれた。その声色に、美尋は身体の芯がジンとうずくのを感じた。

倉田との会話を終えた美尋は、その夜、なかなか寝つけなかった。結局、明け方まで眠れず、いつもよりさらに寝不足で翌朝を迎えた。

第三章　交差する想い

毎週金曜日になると、「やっと金曜日」という感覚と、「もう金曜日」という感覚が交差する。〝花金《はなきん》〟なんて言葉も昔はあったらしいが、そんな状況からはかけ離れていた。一週間頑張った自分を密かにねぎらうのがせいぜいで、いつも翌週の仕事の調整で頭がいっぱいだった。

この日の午後、美尋と眞辺は紅屋に出かける予定だった。

電車での移動も考えたが、紅屋の本店のある中津川駅へは、会社のある伏見駅から名古屋駅で中央本線に乗り換え、約一時間ほどで着く。ただ、電車の本数が驚くほど少なく、おまけに紅屋は駅から少し距離がある。そのため、眞辺が自分の車を出してくれることになった。

「すごい車だね」

初めて眞辺の車を見た美尋は思わず声を上げた。彼が会社の前に乗りつけた車は、黒の大型ジープだった。早速、美尋は助手席に座り、車内を見回した。

「悪いな、オンボロで」

「そんなこと言ってないでしょ」

たしかに車は新しいとは言えないが、大切にしているのだろう。車内は掃除が行き届いていて、埃《ほこり》一つ見当たらなかった。何より、このやや無骨に見えるジープは、眞辺によく似合っていた。

「誰かさんのとは大違いだよな」

眞辺が拗ねたように言いながら、車を発進させた。

美尋は何を言われているのかわからなかったが、すぐに思い至った。

「……倉田さんのこと？」

眞辺は無言で肯定した。美尋は笑う。

「車なんてその人の趣味でしょう？　違って当たり前じゃない」

「趣味ねぇ……。ってことは、俺とあいつは全然趣味が違うんだろうけど、だったらなんでお前のこと……」

眞辺は途中まで言いかけてやめた。

「どうかしたの？」と美尋が聞いたが、「なんでもねぇよ」と短い返事が返ってきただけだった。

車は楠《くすのき》ジャンクションから名古屋高速道路に入り、東名高速道路へ乗り継いだ後、中央自動車道を北上していく。

車が古いので乗り心地はあまり期待していなかったが、眞辺の運転が上手いのか、揺れも少なく快適だった。高速道路も空いていて、軽快に走っていく。代わり映えのない景色に加え、夕べの寝不足がたたり、美尋はあくびを繰り返していた。

マスカラに気をつけながら、まぶたに滲んだ涙を拭っていると、眞辺が言った。

「お前、昨日は終電前に帰ったろ？　夜更《よふ》かしかよ？」

「夜更かしする暇があるなら寝るわよ。でも、運転している横でごめん。金曜だから気が抜けてるのかも」

美尋が申し訳なさそうに謝ると、「まぬけな寝顔は見ないでおいてやるから、眠たきゃ寝ろよ」と、眞辺は前を向いたまま言った。

たしかに寝顔を見られるのは恥ずかしいが、会社に泊まった際に、眞辺にはもう何度も見られている。今さらながらの気遣いに、美尋はなんだかおかしくなる。

「まぬけ、は余計だけど。眞辺は私の寝顔なんて見慣れてるでしょ？　それとも、私のこと、やっと女扱いしてくれるようになったの？」

美尋は眠気から覚めてにやけた。すると、眞辺は大げさに肩をすくめる。

「違うに決まってんだろ？　ほら、もうすぐ高速降りるぞ。しっかりナビしろよ」

「なーんだ、違うのか」

美尋がわざとがっかりしたふりをした直後、車は左にそれて、料金所へ向かった。

高速を降りて国道に入ると、景色は一変してのどかになる。

国道沿いに建つガソリンスタンドや店の看板の多くは色あせてしまっているが、それがかえって目に優しく映る。馴染みのある故郷の景色に、美尋はほんのひととき忙しい日常から解放されたような気がした。

「次の信号の左が紅屋。ほら、平屋の大きな建物が見えるでしょ？」

前方左手を指さす美尋の案内どおり、眞辺は交差点を左折して、紅屋の正面の駐車スペースに車を駐めた。土日の日中は駐車場はほぼ満車になり、連休ともなれば駐車場から溢れてしまった車で渋滞になるくらいだが、今日は平日ということもあって、車はまばらだった。

「へぇ、老舗って感じだな」

眞辺がフロントガラス越しに店を見つめる。記憶に焼きつけるように、店の端から端まで入念に見わたしているようだった。

車から降りて、改めて外観を観察していると、店から客と思われる年配女性が出てきた。すると、何を思ったのか、眞辺が突然声をかけた。

「すみません、ちょっと写真をお願いしてもいいですか？」

眞辺は女性にスマホを渡して少し説明を添えると、何事かと面食らう美尋の肩を抱いた。

「眞辺？」

美尋は眉間をひくつかせそうになったが、スマホを受け取った女性がにこやかな表情で待ってくれているので、なんとか笑顔を作った。

眞辺は美尋の身体をさらに引き寄せ、「観光客ふうにいくぞ」と耳打ちすると、女性に向かって「お願いします」と手を挙げた。

「ハイ、ポーズ」

少しレトロなかけ声に、作り笑いが自然な笑顔に変わった瞬間、女性はシャッターを切った。

「ありがとうございます」

眞辺は愛想よく彼女に歩み寄り、スマホを受け取ると、美尋もお辞儀をした。女性は話好きなようで、親しげに聞いてきた。

「お似合いのカップルね。ご旅行？」

「ええ。お土産を買おうと思ってるんですけど、お土産と言えば、やっぱりこの辺りだとここですか？」

美尋はようやく理解した。やり方はめちゃくちゃだが、眞辺の〝取材〟はもう始まっているのだ。そうとわかると、美尋も調子を合わせることにした。

「そうね。ここがおすすめよ。私も今買ってきたんだけど、この時期は栗きんとんが人気で美味しいわよ」

女性は、手にしていた紅屋の紙袋をちょっと掲げて見せた。

「昔からこの紙袋を持って行くとね、みんな喜ぶのよ。少し値段が張るぶん、それを自分に選んでくれたんだって思うのよね。だから、これは……」

女性は紙袋をまじまじと見つめて続けた。

「〝思いやりのシンボル〟みたいなものかしらね」

彼女の言葉に、美尋の心は射抜かれたような衝撃を受ける。鳥肌まで立った。

きっと眞辺も、そう感じたのだろう。長い前髪の合間に見える瞳の奥が、きらりと光った気がした。

「お引き止めしてしまってすみませんでした。これからお店に行ってみます」

二人は婦人にお礼を言って別れ、店の方へ歩き出した。

「いいこと聞いたね。〝思いやりのシンボル〟だって。なんか、コンセプトできちゃった感じだね。さすが眞辺。急に声をかけたときは驚いたけど」

美尋が眞辺の腕を肘で小突くと、眞辺は澄ました様子で言う。

「あのおばちゃん、店から出てきたとき、いい顔してたんだよ。満足げにさ」

「そうだったんだ……」

美尋は眞辺の観察力に改めて感心した。

「あっ、眞辺。さっきの写真、ちゃんと消しておいてよ」

美尋が思い出したように言うと、眞辺は「わかった。後でやっとく」と返事をしてスマホをしまった。そして、空になった手で美尋の手を握った。

「ちょっと、眞辺、なんなのよ⁉」

美尋が繋がれた手を振り解くと、眞辺はにやりと笑いながら振り向き、再び美尋の手を握った。

「俺たちはあくまでも客としてきてるんだからな。雰囲気だよ。それらしい雰囲気作り。おばちゃんも、〝お似合いのカップル〟だって言ってただろ?」

「何言ってんのよ。あのときだけでしょ」

「じゃあ、夫婦のイメージにするか?」

「バカ」

眞辺に反論しながら美尋は再び手を離そうとしたが、眞辺の力は今度は思いのほか強く、ずんずんと進んでいく。店の前で騒ぐわけにもいかず、美尋はそのまま大人しく従うしかなかった。

暖簾をくぐると、暖かな空気に包まれた。

店内は広く、入り口の正面から奥に向かって十メートルほどの長いガラスのショーケースが設置されていて、奥に進んでいくと、自然とすべての商品を見ることができる造りになっていた。レジも奥にあって、入り口付近での混雑を避ける考えられたレイアウトだった。

美尋は感心しながら、眞辺と共にショーケースに歩み寄り、中をのぞき込む。

ショーケースの中には、色とりどりの季節の上生菓子や、綺麗な包装紙で個別に包まれた最中《もなか》などが、ゆったりとした空間を保ちながら陳列されている。倉田から渡された商品画像はひととおり見てきたが、実際に目にする商品は画像で見るより優雅で、気品が感じられた。

一つひとつの包装も、風呂敷のように包んであったり、うっすらと商品が透けて見える和紙ふうのものを使用したりと、手が込んでいる。使われている包装紙や紐も、すべて上質だった。

「手が込んでるな」

「うん。私もこんなにじっくり見るのは初めて」

地元といえども、幼い頃の美尋は和菓子が苦手で、母親が買ってきてもあまり口にしなかった。ただ、先ほどの女性が言ったように、毎年秋口から季節限定で発売される栗きんとんが評判なのは知っていた。

「ねぇ、見て。栗きんとん」

大きな声を出したつもりはないが、店内が静かなので響いてしまった。

「すみません」

美尋が身を縮めて謝ると、ショーケースの向こうで店員が「いいんですよ。お決まりになりましたら、お声がけくださいね」と微笑み、一歩下がった。

店員は客に声をかけることを最小限にとどめているようで、おかげで自分のペースでゆっくりと商品を選ぶことができる。これこそが上質なおもてなしなのかもしれない、と美尋は思った。

美尋と眞辺は「どれにしようか」と相談しながらも、じつは実際の和菓子の形状や寸法を後で確かめるため、ほぼ全種類の商品を購入していく予定だった。十二個セットなどを箱入りで買えば値段は張るが、バラ買いすれば、それほど高額にはならない。じっくり観察しながら商品を選び、店の雰囲気も十分味わったところで精算して、二人は店を出た。

眞辺は二人で選んだ商品とは別に、六個入りの栗きんとんを買った。

「眞辺、もしかして誰かへのお土産？」

美尋が聞くと、眞辺は「まあな」とどこか意味深に答えた。

「へぇー。彼女？」

眞辺はそれには答えず、無言のまま車のロックを解除してドアを開けた。

眞辺が否定しないので、美尋はそれを肯定の意味でとらえた。荷物を後部座席に置くと、助手席に乗り込んだ。

「結構長居しちゃったね」

暗くなってきた辺りを見渡し、美尋は運転席の眞辺の機嫌をうかがうように言った。

眞辺は相変わらず無反応のまま、エンジンをかけた。そして、ハンドルにもたれかかると美尋を見た。

「で、お前の実家はどこなんだよ？」

「な、何？　実家って？」

突然眞辺の口から出てきた言葉に、美尋は思わず口ごもった。

「寄っていくんだろ？　道案内しろよ」

眞辺はそう言うと、ギアをドライブに入れてサイドブレーキを外した。足元のブレーキペダルを緩めると、車がゆっくりと動き出した。

「ちょ、ちょっと待って！」

美尋はハンドルを握る眞辺の左腕を掴んだ。

「いきなり行ったらビックリするから。だから、今日は行かなくていいの」

眞辺は顔をしかめながらも、ギアをパーキングに戻して車を停めた。

「いきなりってお前、昨日、実家に電話してくるって言ってたじゃねぇか」

美尋の顔が強張った。眞辺は先日、倉田に電話するときに使った口実のことを言っているのだろう。

「あ、あのとき……じつは電話、繋がらなかったの。もう寝ちゃってたみたいで、その後、電話するのすっかり忘れてた。ごめん」

嘘が下手だという自覚はあったが、このときばかりは上手くいったのではないかと、恐る恐る眞辺の反応をうかがった。しかし、眞辺からは依然、疑いの眼差しが向けられていた。

「橋爪に言われたくらいだし、お前も自覚あるんだろ？　嘘つけないんだからやめたほうがいいぜ？　マジで顔に書いてあるし。〝私、今、嘘ついてます〟って」

眞辺はそう言いながら、美尋の頬を人差し指で撫でた。

「書いてないわよ」

美尋は眞辺の指を払いのけ、顔を背けた。しかし、美尋にとっては都合が悪いことに、眞辺の勘のよさはこういうときにこそ発揮される。

「もしかして、あのときの電話、倉田か？」

「倉田⁉　倉田さんでしょ！」

取引先の人間を呼び捨てにする眞辺に、とっさに叫んでしまった。一瞬「しまった」と思ったが、美尋はまだごまかすのをあきらめていなかった。

「……っていうか、倉田さんじゃないいし」

美尋がぼやくように言うと、眞辺からは返事の代わりに、疑いを確信に変えた視線がさげすむように注がれた。

「なんでそんなふうに見るのよ……」

「俺に嘘は通用しねぇよ」

美尋はゆっくりと視線を落とす。これでは白旗を上げたも同然だった。

ただ、この話題はプライベートに関することだ。本来なら眞辺にとやかく言われる筋合いはないし、打ち明ける必要もない。それでも、嘘をついた後ろめたさから、美尋は口を開いた。

「私が……ハンカチ……忘れたから」

「ハンカチってあの黄色のか？」

「そう……」

美尋がうなずくと、眞辺は「どこがラッキーカラーなんだよ」とため息をついた。

「で、どうせ倉田のことだから、ハンカチを返すから会おうとでも言ってきたんだろ？　魂胆、みえみえだな」

「どうでもいいけど、呼び捨てはやめなよ。それに魂胆じゃなくて親切なだけ。私は次回の打ち合わせまで持っててもらっていい、って言ったんだけど、せっかくだから食事でもどうかって……」

美尋の耳元に、電話越しに聞こえた倉田の低くて心地よい声がよみがえる。深夜、自宅から倉田に電話をかけた際に、プライベートで会えないかと誘われたのだ。

「あ、言っとくけどまだ返事してないし、どうしようか迷ってる。得意先だから断るのもなんか……」

言い訳がましくなってしまい、美尋は最後は消え入るように言った。

「得意先の人間だからって、誘われたら食事に行くわけか？」

眞辺の口調は尋問のようにきつい。しかし、そこまで責められるようなことには思えなかった。クライアントや得意先から誘いを受けて食事会に行くことなどよくある話だ。

そう思う一方で、美尋自身も〝特殊〟に感じていることは事実だった。クライアントとの食事で、〝二人きり〟というシチュエーションはめったにないし、電話のとき、倉田は『プライベートで』ということを、ことさら強調しているように感じたからだった。

プライベートで、二人きりで食事――。

倉田と会いたい気持ちは美尋にもあったが、倉田の言葉を繋ぎ合わせて考えると、二つ返事で了承できなかった。食事はよしとしても、万が一でも、その後に誘われたら、窮地に立たされることは目に見えていた。

倉田に興味はあっても、身体の関係を持ちたいとはまだ思っていなかった。かといって断り方を誤れば、その後の仕事に影響を及ぼすことは必至だろう。相手が大手の四葉エージェンシーだけに、繋がりをなくしてもいいとは簡単に思えなかった。

倉田とのことを眞辺に知られたくないと思う一方、眞辺しか相談できる相手はいなかった。だから、美尋はこの場で思い切って打ち明けたのだ。

「……ねぇ、眞辺は倉田さんのこと、どう思う？」

眞辺の横顔は無表情で、少し怖く感じられた。美尋は思わず目を伏せた。

「どう思うかって……むかつく」

「むかつく？　なんで？」

美尋が顔を上げると、「……なんでも」という不機嫌そうな言葉が返ってきた。

眞辺の返事に納得できず、美尋は「何が気に入らないのよ？」と問いただした。すると、眞辺は何かを言いかけたが、結局最後は「さぁな」と、言葉を濁した。

納得し切れない美尋は鼻から大きく息を吸い込み、さらなる追求を試みようとしたが、眞辺に先手を取られた。

「んで、実家は？　どうせまともに帰ってないんだろ？　今から連絡したって、別に怒りゃしねぇだろ」

美尋は話の腰を折られたうえ、話題を実家に戻され、気持ちが沈んだ。

窓の外を見ながら、美尋はぼそぼそと返事をした。

「それは……そうかもしれないけど……今日はやっぱり、やめとく」

顔を背けてうつむいた美尋の気持ちに気づいたのだろう。眞辺はギアをドライブに入れ、「お前がそれで構わないならいいけど」と、ゆっくりと車を発進させた。

車は信号を右折し、国道を名古屋方面へ進み出した。外の景色に目をやると、言葉が出ずに沈黙だけが広がった。

「腹減ったな。栗きんとんでも食うか？」

信号待ちの際、眞辺が運転席から後部座席に手を伸ばして言うので、美尋は慌てて止めた。

「だめだよ。それ、資料用でしょ。会社に戻ってデータも取らなきゃいけないんだし」

すると、眞辺は長い腕を後部座席から戻して、美尋の膝に紅屋の紙袋を置いた。それは資料用のものではなく、眞辺が個人的に買った栗きんとんの箱入りのものだった。

「お前が実家に行くと思ってたからな。俺も同僚として挨拶くらいしなきゃいけないだろうと思って買ったけど、まあ、今回は出番なしってことだな」

美尋は驚いた。眞辺がそんなつもりでいたとは、つゆにも思わなかった。申し訳なくて、素直に謝った。

深く息を吸い込みため息を吐き出しそうになると、眞辺はそれを阻止するかのように、「食おうぜ」と明るく言った。美尋は膝の上の紙袋の中を見つめながら、ポツリポツリと話し始めた。

「うちの両親ね……特に母親なんだけど、私のこの仕事を気に入ってないの」

眞辺は視線だけ美尋に向け、すぐにまた前を見た。

「そんな仕事辞めて、もっと毎日、早く帰れる仕事に就きなさいってさ。ほら、私の友達、銀行に勤めてて、この前ちょっと話したけど、寿退社するんだよね。母はそう言うのが理想でさ。まあ、自分がそういう生き方だったから、私にもそうであってほしいのよ」

美尋はそこまで言うと、車のシートに身体を預けて、大きく息を吐いた。

「私はさぁ……好きな仕事に就けたし、職場の上司や同僚にも恵まれているし、毎日遅くても一日が充実してて、達成感もあって……それなりに幸せなんだけどなぁ」

「たしかに、同僚には恵まれてるよな」

眞辺はそう笑った後、真剣な声色でたずねた。

「お前さ、それ、お袋さんに言ったことあるか?」

「え?　言ってないよ。言ったって仕方ないし、話す気にもなれない」

美尋がそう言うと、眞辺が口の端を上げた。

「言ってやれよ。そうすればお袋さんも親父さんも安心するだろ。お前のことが心配なんだよ」

「そうかな……。母にはわからないよ。私とはまったく別の生き方してきたんだもん」

「そりゃ、わからねぇよ。お前が話さないんだから。お袋さんはお袋さんで、お前とは違う生き方してきて、それが幸せだったんだろ？」

美尋は黙った。たしかに母は美尋にその話をするとき、「だから母さんは幸せだった」と必ず言うのだ。

「お袋さんは、ただお前に幸せになってもらいたいだけなんじゃないか？　自分が幸せだと思ってきた生き方がそれだと信じてるなら、それをお前に勧めるのは当然のことだろ。でも、お前が今の生活で幸せだって思ってるんなら、お袋さんの望みはもうほとんど叶ってるんじゃないか？」

美尋はゆっくりと眞辺を見た。

今までそんなふうに考えたことはなかった。自分から話すこともあきらめていた。

そして、美尋は今、この場で実感していた。母親とは違う生き方かもしれないが、自分がちゃんと幸せであることを。

美尋は眞辺の言葉に胸の奥が熱くなった。

「……ありがとう」

呼吸をするようにそっとこぼした。自分はこの男にいつも驚かされてばかりだ。美尋は改めてそう思った。

「眞辺ってすごいね。やっぱり、何かを生み出す人って、人と見方が違うのかな」

「バーカ。お前も一緒に生み出してんだろ。だいたい、デザインだってそうだろ？その真っ只中にいると、気づかないことって多いんだよ。ちょっと距離とか時間とかを置いたほうが、見えないものも見えてくる。ただ、それだけの話だろ」

眞辺は照れくさそうに、運転しながら美尋の頭を小突いた。

「そうだね。思い込んでたら、気づくものも気づかないってこと……だよね」

眞辺は赤信号で止まり、しばらく美尋を見つめると、「そういうこと」と笑った。

美尋は紙袋から栗きんとんの入った箱を取り出した。

「これ……眞辺が彼女のために買ったんだと思ってた」

美尋は綺麗な和紙で包まれた栗きんとんを一つ摘まんで、眺めながら言った。

〝彼女のために〟とは言ったものの、美尋は眞辺の恋人のことを詳しく知っているわけではなかった。

というより、橋爪から「彼女がいると思う」と聞かされただけで、実際に彼女がいるのかどうかも知らなかった。自分の恋人のことを話したがらない男性はときどきいるが、眞辺もそうした話を一切しないタイプだった。

眞辺は意地悪そうに笑う。

「お前さ、もしかして俺のこと気になって、探りでも入れてんの？」

「ち、違うに決まってるでしょ」

否定しながらも、本当のところはやはり気になる。探りを入れているわけではないが、好奇心はあった。

「俺、今、女いねぇし」

眞辺は視界を明るくするために、ヘッドライトをつけた。

「えっ!?　いないの？」

「なんなんだよ、その反応は」

「だって眞辺、自分でも言ってるくらいモテるでしょ？」

「モテるのは当たり前だろ。こんなにいい男なんだから。でも、それとこれとは別だろ」

「ふーん。でも、みんなも言ってるし。彼女はいるだろうって」

そう言いながらも、眞辺のような容姿の男に彼女がいないというのも、にわかに信じられなかった。

「みんなって、どうせ橋爪だろ？　お前の気を引こうとして、アイツも必死だから」

眞辺は鼻で笑って答えた。

その発言を聞いて、今度は美尋が「どういう意味？　私の気なんて引いてどうするのよ」と笑い飛ばすと、眞辺が呆れたように言った。

「お前、本気で気づいてねぇの？　アイツ、お前に惚れてるし」

「嘘だぁ。ない、ない」

美尋は手を叩いて笑った。

「そんな素振り、見せたことないし。第一、私、あの子よりだいぶ年上の仕事仲間だよ？　おまけに口うるさいし。絶対ないよ」

美尋は真剣に取り合わなかったが、眞辺はそれが気に入らなかったのか、口を結んで不機嫌さを露わにした。

「お前って、間に仕事が入ると、ほかのことはまったく見えなくなるんだよな。年上とか下とかそんなの関係ねぇし、お前の口うるささはアイツにとっては優しさで、一緒に仕事してるからこそ好きになるって、そんなの普通にあるだろ」

そこまで言って、眞辺は語気を荒げる。

「悪気はないんだろうけど、お前の鈍感なとこって、気づかないうちに誰かを傷つけることにもなりかねないぜ」

「そんなこと……」

突然眞辺から説教されて、美尋は困惑していた。とはいえ、納得したわけではなかった。自分が鈍感であることは否定できないにせよ、仕事仲間として橋爪のことは多少なりともわかっているつもりだ。そんな好意を感じたことはなかったし、美尋から言わせてもらえば、橋爪は自分よりも眞辺を先輩として慕っている。

反論したいのは山々だったが、美尋はそのまま口をつぐんだ。今、自分が言い返せば、車内が今より険悪なムードになると思ったからだ。

行きは空いていた高速道路はどこかで事故があったようで、途中から渋滞し始めた。よりにもよってこんな雰囲気のときに、と美尋は心の中で嘆息をもらした。

しばらくの間無言だった二人の沈黙を破って、小さな着信音が鳴り響いた。美尋のスマホだった。

バッグから取り出してスマホの画面を見ると、タイミングの悪いことに橋爪からだった。一瞬ためらったが、自分が平静であることを眞辺に見せつけるため、美尋は普段どおりに電話に出た。

「お疲れさま。何かあった？」

いつもどおりスムーズに言葉が出た。橋爪が連絡をよこしたのは、別案件の納期についての確認だった。修正依頼が入っていたものを、眞辺の代理として橋爪に任せた案件だ。

「修正には三日もらってるから心配しないで。月曜日出しで大丈夫だから」

「了解です。すみません、時間がかかっちゃって。簡単にデザインが決まらないんですよね。眞辺さんみたいにほとんど手を止めずにデザインして、一発ＯＫをもらうなんて、夢のまた夢です。あの人、化けモンですよ」

「あはは。たしかに」

美尋は眞辺に背を向けながら、身体を丸めて言った。

「橋爪くんも夢なんかじゃないよ。いつかそんなふうになれるから頑張って。何かあったら、いつでも電話して」

「はーい」

橋爪の声のボリュームが大きいので、きっと眞辺の耳にもその幼い返事は聞こえているだろう。車内の少し張り詰めていた空気が、一気に緩んだ気がした。

電話を切る前に、美尋は橋爪にもう会社に向かっているところかたずねられた。そうだと返事をすると、橋爪は「じゃあ、気をつけて。寄り道しないで帰ってきてくださいね。仕事、まだたっぷり残ってますから」と、念を押すようにさらに声を大きくして言った。

「聞こえた？　帰ったらたっぷり仕事が残ってるらしいよ」

美尋は電話を終えると、〝こんな橋爪が自分に気があるわけないでしょ？〟とでもいうように、からかい気味に眞辺に言った。

「聞こえた。っていうか、アイツ、お前じゃなくて、俺に言いたかったんだろ？〝寄り道すんな〟って」

「眞辺がいなくて不安なんでしょ。早く帰ってきてほしいのよ」

眞辺は無言だった。眞辺が口をつぐむのは、納得いっていないときだと美尋は知っていた。打ち合わせのときによくあるわかりやすい態度だ。

「〝頑張って〟とか、〝いつでも電話して〟とか、また期待持たせるようなこと言って」

「仕事のことよ。それ以外にほかにどう答えるの？　いい加減にしてよ」

「アイツが寄り道するなって言ったのって、ああいうとこに寄るなって意味だぜ」

美尋がそっぽを向きかけると、眞辺が美尋側の窓の外を指さした。その指の先には、高速道路の塀の上から暗闇に浮かぶピンクのネオンが見える。インターチェンジ付近に群生するラブホテルの一群だった。

「……そんなわけないでしょ。橋爪くんにそんな発想ないって。彼、私たちのこと男女って思ってないし。私、前に言われたことあるもん」

「へぇー、それがアイツの作戦か」

眞辺は苦笑いを浮かべたが、その顔には余裕が滲んでいた。美尋は眞辺の話を否定したが、堂々巡りになるのは目に見えていたので、結局美尋が折れた。

そうこうしてるうちに再び電話が鳴った。今度は先ほどとは違うバイブレーションで、鳴ったのは眞辺のスマホだった。

「アイツ、俺にも電話してきやがったな」

ちょうど渋滞で車が停まったので、眞辺は片手でバッグを引き寄せ、中からスマホを取り出した。

画面を見た眞辺は大きなため息をついた。「お前、出て」と、眞辺がスマホを渡すので、美尋はすでに通話状態になったスマホを慌てて耳に運んだ。

「もしもし、ごめん。眞辺、今運転中なの。何かあった？」

美尋がたずねるものの、橋爪が返事をしないので、美尋はもう一度「もしもし？」と呼びかけた。それでも返事がない。

「……橋爪くん？」

不思議に思って名前を呼ぶと、やっと電話の向こうから反応があった。

「私、ハシヅメじゃないけど」

心臓が飛び出そうになった。聞き覚えのない女性の声に混乱した美尋は、眞辺の左手を掴み、スマホを耳に当てたまま小刻みに首を振った。しかし、眞辺は無反応だ。

美尋は嵌《は》められたのだと気づいた。

「誰なの⁉」

通話口を塞《ふさ》いで眞辺に小声で叫ぶと、「仕事の関係者。運転中で出られないって言って」と、眞辺は悪びれる様子もなく、涼しい顔でハンドルを握っている。

不十分な説明のため、結局相手が誰だかわからなかったが、相手を待たせるわけにもいかないので、慌てて美尋はもう一度電話に出る。

「大変失礼いたしました。私、眞辺の同僚でアートプレイデザインの杉浦と申します。ただ今、眞辺は運転中ですので、後ほど改めて眞辺からお電話させていただきたいのですが、よろしいでしょうか？」

気を悪くしたのか、電話の女性は何も言葉を発しない。もう一度詫びようと美尋が口を開きかけたとき、ようやく相手が口を開いた。

「じゃあ……伝えてもらえる？　そのうえで必ず折り返しの電話をくれるように言って」

ずいぶんと上から目線の物言いだと思ったが、相手の人物像がわからないので、美尋は「かしこまりました」と、そのまま下手《したで》に出た。そして、慌てて自分の鞄から手帳を準備し、「どうぞ」と言う。すると、女性はかすかに笑って、色気のある息遣いを一つ浴びせてきた。

「〝今度はいつ抱いてくれるの？〟って、伝えておいて」

ペンを握っていた手が行き場を失い、動揺と車の振動で、手帳の白紙に変な線を描いた。

「あ、あの……」

「彼に言えばわかるから」

美尋の言葉を遮るように、女性はぴしゃりと言った。そして、再び笑いを含んだ声で、「じゃあ、必ず伝えてね、スギウラさん」と言うと、電話を切った。

白紙の手帳を見つめたままスマホを耳から離し、膝の上で受話口の汗を拭って、眞辺に突き返す。

「こんな電話、私に受けさせないでよ……」

ため息交じりの声に苛立ちに似た感情が絡みつく。見たくないものを見てしまったときの重い気分と似ていた。

「なんて言ってた?」

渋滞で停まっていた車はゆっくりと動き出し、眞辺は美尋に目をやる素振りもなく、たずねてきた。美尋も眞辺に顔を向けられないまま、やっとの思いで伝言を口にした。

「次はいつ……抱いてくれるのか、って」

二人の間に再び気まずい沈黙が流れる。今まで何度もあった沈黙とは明らかに種類の違うものだった。

美尋は一人黙って考え込んでいた。

なんで、過剰に反応してしまったのだろう。別に苛々《いらいら》せずに、「誰なのよ、彼女」と、苦々しい笑いと一緒に聞けばよかっただけのことだ。「眞辺、いったい何やってんのよ?」と白けた目で見てやればよかった。

しかし、そうできなかったのは、美尋の中に靄《もや》のかかった薄暗い感情がにわかに込み上げてきたからだった。

美尋にとっては、眞辺が誰とどこで何をしようと関係がなかったはずだ。興味もなかったし、知らなくてよかった。知りたくもなかったことなのだ。

だから逆に、こうして知ってしまったことに困惑しているのだろうか……。

考えてはみたものの、もやもやした気持ちの原因はわからなかった。

美尋は奥歯を噛みしめて、なんとか平常心を保って続けた。

「必ず連絡するようにって言ってたから……ちゃんと電話してよね。私が伝えてないって思われるから」

嬉しくないことに名前まで覚えられてしまった。文句を言われるのは嫌だった。

「余計なお世話だと思うけど、本当に仕事関係の人なの? だったら、なんかまずいことになってない? 大丈夫?」

「マジで大きなお世話」

美尋の心配は眞辺にあっさりと跳ね返された。自分でもよせばいいと思っているのに、口を開かずにはいられなかった。

「でもさ……」

「お前、そういうのが心配だったら、倉田とのことも同じだろ？　お前こそ考え直せば？」

「私と倉田さんはまだ何もないじゃない」

「へぇ、まだ、ね。これからか」

美尋は話を切り上げようとしたが、眞辺が挑発するかのように揚げ足を取る。美尋も引くに引けなくなる。

「バカじゃないの？　眞辺って、そういうことしか考えてないの？」

「まぁな。男だし。倉田だって所詮同じ男だ」

「全然違うわよ」

「違わねーよ」

「もうやめてよ」

「それに男に限らず、女だって普通にしたくなるだろ？　お前だって……」

「私は違うから！」

ポップなＢＧＭでも流れていれば、少しは和らいだかもしれないが、無音の車内に美尋の声が響いた。

　自分の声の大きさに美尋は我に返り、長い息を吐いた。

「……ごめん、大きい声出して。本当に余計なお世話だった。もうやめよう。別に眞辺が誰と付き合おうと、私には関係ないし」

　作り笑いは苦笑いにもならず、口元が引きつっただけだった。

「そうやって、また逃げる。お前はいつもそうやって……何から逃げてんだよ？」

　眞辺の問いかけが、美尋の胸の奥深くをえぐる。美尋にはフロントガラスに向かい来る夕闇が果てしないもののように思えた。

「逃げてなんか……」

　美尋の声を掻き消すものなど何もないのに、その声はかすれて消えた。

「俺には言えねぇこと？」

「何……その言い方。私がなんでも眞辺に話してるみたいじゃない。自惚《うぬぼ》れないでよ」

　嘲笑《あざわら》うように吐き出すが、眞辺の顔を見ることができない。

「違うのかよ？」

「ホント、自意識過剰」

　呟いた瞬間、車がトンネルに入り、美尋は耳鳴りに顔をしかめた。トンネルを出ると眞辺がサービスエリアに寄ろうと言い出し、美尋はうなずいた。

車は何かから抜け出そうとするようにゆっくりと左にそれて、サービスエリアに入った。

駐車すると、美尋は眞辺を置いて、早足で化粧室に向かった。鏡に映る自分は思った以上にひどい顔色をしていた。

昨日の寝不足のせいだけではない。先ほどの眞辺との会話が原因なのは、よくわかっていた。

「しっかりしろ、私」

周囲に誰もいないのを確かめてから、美尋は鏡の中の自分を叱咤《しった》する。

眞辺は美尋にとって大事な同僚だ。それ以上でも、それ以下でもない。

たしかに、自分たちはなんでも話し合える関係だ。でも、それはあくまで仕事仲間としてであって、眞辺にだって、自分にだって、すべてをさらけ出す義務はないし、知る権利もない。

そんな眞辺の、自分の知らないプライベートな部分を見てしまったからといって、何をショックを受けることがあるのだろう。自分のほうこそ自意識過剰だ。

美尋は深呼吸をし、大きく伸びをする。緊張で身体が凝り固まっていたのか、いつもより気持ちよかった。

美尋は化粧室から出ると、自動販売機でペットボトルのお茶を二本購入し、車に戻った。眞辺は車に寄りかかり、ぼんやりとスマホを眺めていた。電話の女性に連絡をしたのかもしれない。そう思うと、なぜかまた胸の奥が痛んだ。

「お茶買ってきたから、栗きんとん食べよ」

なんとか笑顔を作って話しかけると、眞辺が顔を上げた。

「悪かった……」

眞辺は真っすぐに美尋を見据《みす》えて言った。でも、美尋は「別に」と、眞辺がいつもする素っ気ない返事を真似て、何事もなかったようにスルーした。

「私たち、ちょっと甘いものが必要なんだよ」

「……かもな」と、眞辺が笑うと、美尋もようやく自然な笑みを浮かべた。

二人で車に乗り込み、美尋は紅屋の紙袋を膝の上に乗せた。

美尋は運転席の眞辺の手のひらに、包みをほどいた栗きんとんを置く。そして二人同時に口に入れた。優しい甘みが口の中に広がる。甘いものは疲れを和らげ、少し心が軽くなった気がした。

「もしかして俺たちの晩飯……これかよ」

「かもね」

二人の笑い声が車の中に響いた。なんだかそれが久しぶりに思えて、美尋は今度こそホッとした気持ちになった。

眞辺はエンジンをふかし、駐車場を出ると、軽快に車のスピードを上げた。


二人が仕事場に戻ったのは二十時近くだった。

フロア内は煌々《こうこう》と明かりがついていて、まだまだ活気づいていた。

ただ、孤軍奮闘していた橋爪だけは、少々疲れた顔をしていた。美尋と眞辺がそれぞれねぎらいの言葉をかけると、橋爪は徐々に気力を取り戻していった。

「お帰りなさい。遅かったですね」

放っておかれた子供のように拗ねた口調で言う橋爪の頭を、眞辺が軽く小突く。

「お前が寄り道するなって言うから、せっかく外出したのに飯も食ってねぇし」

「本当に寄り道しなかったんですか？」

「そうよ。サービスエリアでトイレ休憩したくらい」

美尋がいつもの調子で応えると、眞辺は少し拍子抜けしたような顔をした後、わざとらしくため息をつき、手を頭の後ろで組んだ。

「あーあ。ピンクのネオンが呼んでたのによ」

「バカ言ってないの。眞辺、すぐデータ取ろう。私、カメラ持ってくる」

美尋は眞辺の言葉を切り捨てると、休む間もなく撮影用の一眼レフを取りに行った。

何人かに協力してもらい、包装の形状や質に加えて、菓子の外観や容量、感触などを調べ、写真を撮り、あらかじめ作っておいたエクセルの表に細かく入力していく。買ってきた菓子の数は三十個を超えていたので、データ取りには時間がかかり、全部終わった頃には日付が変わる直前だった。データ取りが終わった和菓子は社員たちの胃袋におさまり、彼らの疲れ切った表情を明るくした。


二人で紅屋へ出かけて以来、デザイン案は眞辺に任せながら、美尋は情報収集と素材選びに奔走していた。

老舗の和菓子屋の包装デザインというのは、新商品のパッケージデザインとは異なる難しさがあった。従来のデザインに、その店が長い年月をかけて築き上げてきたブランドイメージが染みついているため、初めはどんなデザインにも違和感がつきまとう。特に幼い頃から紅屋を知る美尋にとっては、固定観念とも言っていいほど、従来のデザインが頭に焼きついていて、まったく新しい発想が浮かばなかった。

一度あの店に出向いただけの眞辺にとっても、従来のデザインが持つ影響力は大きかったようで、珍しく苦戦しているのが見て取れた。

既存のイメージを大切にしながら、新しいものにするという難しさ。プロジェクトは早くも最初の壁に直面していた。

そんな状況を見抜いたかのように、最初の打ち合わせから一週間後、倉田から進捗具合をうかがう連絡が入った。

「紅屋の件はどうですか？」

メールではなく、スマホに直接連絡が来たので、美尋の心は少なからず乱れた。食事に誘われた返事は放ったままになっていた。一つ深呼吸してから電話に出ると、眞辺と二人で直接紅屋に出向き、従来の商品のデータ取りを済ませたことを報告した。

「……そうですか。僕も一緒に行けたらよかったな」

「あ、お誘いしたほうがよかったですか？」

美尋は焦った。声をかけるべきだったかもしれない。けれども、倉田は「冗談ですよ」と笑い、何事もなかったかのように話題を変えた。

「杉浦さん、これからちょっと、時間ありますか？」

倉田からの突然の電話は、午後時間が取れるので、紅屋が今度新規出店するデパートのテナントを一緒に見に行かないかというものだった。今はまだ別の店が入っているが、少しでもデザインの参考になれば、という申し出だった。

たしかにブースを間借りしての販売は、本店の印象とはまったく異なるだろう。まだ店構えはできていないにしても、見ておくに越したことはないと思い、美尋はありがたく倉田の申し出を受けることにした。

そこで美尋は「あ……」と何かを思い出したように声をもらす。倉田もそれを聞き逃さなかった。

「先約があるようでしたら、日を改めますか？」

「あ、いえ、そうではなくて……眞辺は別の予定で同行できませんが、構いませんか？」

美尋の言葉に倉田は「わかりました」と、静かに返事をした。

倉田は迎えに来ると言ったが、美尋にクライアント先に立ち寄る約束があったので、二人は名古屋駅前の金の広場で待ち合わせることにした。

美尋は倉田との約束に遅れないように、少し早めに立ち寄り先に出かけた。外から伏見駅の地下に潜ると、空気は少し温度を下げて冷え込んでいた。

鶴舞線に乗って、丸《まる》の内《うち》駅へ移動する。向かうのはあるイベント会社で、すでに提出してある広告チラシのラフ案についての打ち合わせだった。

クライアントの反応は上々だった。ラフ案を囲んで具体的な要望や想いを聞き出していく。それがさらにデザイナーのイメージを膨らませる材料となり、クライアントの満足度の高い作品に近づけるのだ。打ち合わせが終わる頃には、ラフ案は色ペンの書き込みでいっぱいになった。

「すごいなー。君、センスいいね」

先方の担当者の言葉に、美尋の顔が思わずほころぶ。

「私じゃなくて、デザイナーなんですけどね」

もちろん美尋も携わっているが、それは偽らざる本心だった。それに、眞辺が褒められると、自分も褒められたような気がして素直に喜べるのだ。

美尋は最後に修正内容を再確認すると、イベント会社を後にして、名古屋駅へ向かった。電車の中で眞辺に打ち合わせの報告を簡単にメールし、急に倉田との打ち合わせが入ったことも報告した。


イベント会社との打ち合わせは、思ったよりも早く終わった。駅に到着すると、待ち合わせ時間まで少し余裕がある。

けれども、美尋はいつもの早歩きのまま、待ち合わせ場所の桜通《さくらどおり》口前の広場を通り過ぎ、そのままデパートに突き進んだ。向かった先は化粧室で、美尋はパウダースペースで鏡をのぞき込んだ。

白とベージュでまとめたグラデーションコーデに、ネックレスもピアスもお揃いの一粒パール。「地味だったかなぁ……」と、美尋は耳たぶに下がるパールを指先で撫でた。

それにしても、前回同様、倉田との約束は急だ。相当忙しいのだろう。普段から服装に気をつけなければならないことを、美尋は再認識する。

だからといって、毎日ワンピース姿でいれば、あの眞辺が口を出さないわけがない。美尋は眞辺の冷めた表情を思い出しながら、せめてもの想いを込めて、ルージュを丁寧に塗って化粧室を出た。

金の時計台は、名古屋駅では定番の待ち合わせ場所だ。平日の昼間だが、多くの人が待ち合わせに利用していた。スーツケースを手にしたサラリーマンから、おそらく友達と食事やショッピングの約束でもしているのであろう年配の女性組まで、みんなスマホを片手に操作しながら時折辺りを見回している。

美尋は比較的空いているエスカレーターの降り口の脇に移動した。思った以上に人が多いので、倉田を見つけられるか不安だったが、美尋がそこに移動してまもなく、後ろの方から名前を呼ぶ声が聞こえた。

「杉浦さん」

肩がびくりと震えた。自分が思いのほか緊張していることに気づく。振り返る動作も、少しだけぎこちなく感じられた。

「遅くなってすみません」と笑顔で近づいてくる倉田の姿に、美尋は頬を赤く染める。

「い、いいえ……。私も今、来たところです」

「よかった。杉浦さん綺麗だから、すぐに見つけられました」

「そ、そんなことないですよ」

顔に発生した熱はさらに勢いを増し、身体が汗ばむくらい急激に体温を上げた。美尋が困って手のひらで頬を隠すと、その仕草を楽しむかのように、倉田は美尋を見つめた。

「仕事を忘れそうだな」

小さく呟く倉田に、美尋は仕事どころか、我をも失いそうになりながら、バッグの紐をきつく握って自分を律した。そして、気持ちを仕事モードに戻すため、わざと改まった挨拶をした。

「今日はお忙しいところ、わざわざありがとうございます。眞辺を連れて来られなくて残念ですが、このような機会をいただけて嬉しいです」

「杉浦さんは本当に仕事熱心ですね」

美尋が仕事モードになったのを見ると、倉田も敬語に戻った。そして、「行きましょうか」と、美尋を案内し始めた。

倉田が案内したのは、先ほど美尋が入ったデパートの地下だった。二人は正面のエスカレーターから地下一階に向かった。

倉田が先にエスカレーターに乗り、美尋が後から乗ったので、彼が振り向くと同じ高さで目が合った。美尋は倉田との身長差に驚くと同時に、気恥ずかしさに思わず口を開いた。そうしなければ、無言で顔をそらすしかなかったからだ。

「デパ地下っていいですよね。私、すごく好きです」

嘘ではなかったので、口調は不自然にはならなかった。美尋はデパ地下の雰囲気が好きだった。いつでも活気にあふれていて、特に買うものがなくても、眺めているだけで楽しい気持ちになれた。美味しいと評判の店が数多く集められ、時折行われる物産展などのイベントでは、全国各地の有名店の商品が楽しめる。中でも高級感のある惣菜と、スイーツのコーナーは美尋のお気に入りだった。

「一人でレストランに行く勇気はないですけど、たまに買って帰って、気分を味わうんです。お一人様女子の強い味方です」

思わずつらつらと言葉が出てきたが、直後、美尋はハッとした。

決して倉田に〝お一人様〟を強調しているわけでも、〝女子〟だと主張しているわけでもない。慌てる美尋とは対照的に、倉田は穏やかな笑顔を向けていた。美尋は余計に恥ずかしくなった。

「着きましたね」と、美尋は倉田に前方を向かせる口実に話をずらし、地下のフロアに降り立った。

地下は美尋の想像以上に買い物客で賑《にぎ》わっていた。フロアを行き来する客は圧倒的に女性客が多い。これから迎えるお歳暮やクリスマスの時期になれば、のん気に見学などできなくなるほど、人でごった返すことだろう。

「少し撮影させてもらってもいいですか？　フロアの雰囲気も、眞辺に知らせておきたいので。眞辺はあまりこういうところとは縁がないんです」

美尋は笑いながらスマホを動画モードにして、目の高さに掲げた。

エスカレーターを降りてすぐの場所に、惣菜やお弁当のコーナーが広がっていて、空腹を刺激するいい匂いが漂っていた。時刻は十四時。お昼を食べ損ねていた美尋にとっては少々辛い状況だった。

お腹の虫が鳴き出しそうになるのを必死で抑えようとしたものの、身体の生理反応にはかなわず、盛大な音を響かせた。「ごめんなさい」と、美尋が苦笑いを浮かべると、隣で倉田も苦笑いを返した。

「空腹にこの匂いは拷問ですね。じつは僕もお昼、まだなんです」

お互い噴き出し、この後、一緒に食事をすることになった。今、ここにいることさえ予定外で、会社に戻ってすべきことは山積みだったが、倉田と食事ができるなら、たとえ残業が長引いても構わないと思った。

倉田に案内されるまま奥へ進んでいくと、通路を挟んで左右に洋菓子と和菓子の店舗が現れた。両者ともデパート独特の高級感を上手く演出した店構えで、上のフロアで買い物を済ませたご婦人方が、品物をじっくりと吟味している姿が多く見られた。

紅屋は、このコーナーの一店と入れ替わりに店を構えるとのことだった。

倉田はある店の前で足を止め、美尋に身を寄せた。「あそこです」と耳打ちされる。耳元で響く心地よい声色と、吐息すら感じられる距離に心臓が跳ねた。美尋はそのことを気づかれないように大きくうなずいた。

言うまでもなく、本店のようには広くないが、厨房がないぶん、販売するには十分なスペースだった。照明はこの地下全体で統一されているので非常に明るく、その点でも本店とは雰囲気がまったく異なった。美尋は再び撮影を始めた。

ちょうどそのとき、美尋のスマホにメールが届いた。眞辺からだった。撮影を中断した美尋に、倉田が「どうかしましたか？」と歩み寄る。

「あ、いえ。この前、紅屋の本店や商品を撮影したときのデータを、眞辺が送ってくれたみたいです。よかったら倉田さんと見るようにって」

さすが眞辺と、美尋は感心した。気遣いが嬉しかった。店舗の外観はもちろんのこと、商品画像や紙袋のロゴなども一緒に送ってくれたようだった。

美尋は倉田とスマホをのぞき込みながら、次々と画像をタップしていく。

「これが本店です」

美尋が指先で画像を拡大して、倉田にスマホを差し出す。

「へぇ……老舗って感じですね。いい雰囲気だ。ここ、杉浦さんの地元なんですよね？」

「はい」と美尋が返事をすると、倉田は「今度、ぜひ行ってみたいですね」と目を細めた。美尋もはにかみながら微笑んだが、次の画像をタップした瞬間、その目を大きく見開いた。

店の前であの女性客に撮影してもらった、眞辺とのツーショット写真だった。

「バカじゃないの……」

美尋は思わず呟いて、すぐに画像をスワイプする。

「すみません、きっと眞辺が削除するの忘れて、一緒に送ってきちゃったんです。もう……恥ずかしい」

美尋はその写真を撮ることになったいきさつを倉田に説明した。そうでなければ美尋の気が済まなかった。

「そうだったんですか。お客に成りすまして調査とは、眞辺さん、さすがですね」

倉田は納得してくれたようだった。その反応に、美尋は胸を撫で下ろす。

「結果的にはいいんですけど……いつも先が読めないし、何事も突然なので驚かされてばっかりです」

「そうなんですか。でも、楽しそうですね」

「そんなことないですよ」

美尋が首を傾げると、倉田は通路に設置されたベンチに腰を下ろした。美尋にも座るように促し、見せたいものがあると言って、鞄から資料を取り出した。

それは新しい店舗のデザイン画だった。紅屋のイメージカラーでもある紅を基調に白と黒を使ったモダンな外観で、こちらも木造の本店のイメージとはかけ離れていた。

美尋は倉田の了承を得ると、そのデザイン画を写真に収めた。そして、そのまましばらくベンチから、出入りする客層や既存の和菓子屋を観察した後、その場を切り上げることになった。

「今日はありがとうございました。たくさん情報も得られましたし、きっと眞辺も喜びます」

美尋は興奮気味にスマホを握りしめた。

「いいですね。お二人はそうやっていつも共有できるものがあって」

倉田は少し切なげな眼差しで美尋を見つめたまま、「羨ましいな」とつけ足した。

美尋は返答に困りながら、「仕事……ですから」と返すと、倉田の口元がやっと緩み、「お腹、空いたね」と敬語をやめて言った。仕事中にも関わらず、わずかにプライベートを匂わせる彼に、美尋はまた頬が熱くなるのを感じた。

二人は倉田の案内で、名古屋の駅ビル、タワーズのレストラン街へと向かった。

倉田の馴染みだというカフェに入ると、店内は仕事の打ち合わせ中といった様子の会社員も多く、よく利用していることがうかがえた。

ウッドベースの落ち着いた雰囲気と、ゆったりした黒い革張りのソファはたしかに打ち合わせをするのによさそうだった。普段、会議室やせいぜい会社の応接間で打ち合わせをしている美尋にとっては、別世界のようにすら思えた。そこに倉田のリラックスした表情も重なって、美尋は一瞬、仕事中であることを忘れてしまいそうだった。

そんな美尋を現実に引き戻そうとするかのように、テーブルに着いた途端、美尋のスマホが震えて、電話の着信を知らせた。大人しくしているように心の中で命じたが、バイブレーションにしていたスマホはなかなか切れる気配がなく、バッグの中で暴れ続けている。

仕方なくバッグからスマホを取り出すと、会社からだった。美尋は倉田に断りを入れ、急いで店を出て電話に出た。

「はい、杉浦です」

コール音が長かったため、緊急の電話かと思って少し身構えたが、声を聞いて拍子抜けした。

「おせーよ」

電話の相手は、普段なら自分のスマホからかけてくる眞辺だった。

「……なんだ、眞辺か。なんで事務所からかけるのよ？」

「なんだじゃねぇよ。もう終わったのか？」

「もう少し。ごめん、悪いけど倉田さんのこと待たせてるからまた連絡する。今から遅いランチしながら打ち合わせ」

そう答えると、妙な間があってから、眞辺が皮肉気な口調で言ってきた。

「……へぇ。楽しそうだな。だけど、杉浦。ランチ、キャンセルだぜ？」

「なんで？」

店内に残してきた倉田のことが気になって盗み見ながらたずねる。倉田はメニューを決め終えたのか、窓の外を見て待っている。

「東京の出版社から、ページの半分請け負っているムック本あるだろ？　丸々一冊、名古屋特集のやつ。半分は東京の制作会社が原稿からデザインまで丸受けしてたらしいんだけど、店紹介の取材カメラマン兼ライターが原稿を上げずに、撮影画像も渡さないまま、とんずらしちまったらしい。だから、六ページぶん、こっちで再取材かけるか、手持ちの材料で埋めてくれないかって」

すぐに反応できなかったのは、事態をのみ込むのに時間がかかったからだ。ここまでひどいケースは稀《まれ》だが、締め切りに間に合わなくなって、音信不通となってしまったスタッフは過去にもいた。

「……うちが悪いんじゃ……ないんだよね？」

確認するようにたずねる。冷や水を浴びせられたかのように背中が冷え、顔の筋肉がピリピリと張り詰める。

「そうだな。でも今さら東京からスタッフ出す予算も時間もないんだろ。うちは尻拭いに無理難題を押しつけられてるだけ。一応、とんずらクンが取材した店のリスト送っておくから。有名店ばかりだから、たぶん地元の媒体で特集したときの写真が残ってると思う。お前が担当だったやつだから、取材にも同行してるんじゃないか」

「なら、よかった……って、全然よくないけど。とにかくよかった」

美尋は深く息を吐いた。フリーズした思考は少し後遺症を負っているようだが、顔の筋肉からは痛みが消えた。

「すぐ戻る」と、慌てて電話を切ろうとして美尋は思い出した。

「眞辺、さっきの画像、送る前にちゃんと確認した？　最後に私たちの写真入ってたんだけど」

するど、しれっとした態度で眞辺は答える。

「あれはあえて送ったんだよ。客と一緒に映る店舗。味が出るだろ？」

「そうかな……」

美尋にはそうとも思えなかったが、倉田を待たせていたことを思い出し、電話を切ると店内に戻った。

「……杉浦さん？」

倉田が美尋の顔をのぞき込んだ。強張った美尋の顔と、席に着かないのを疑問に思ったのだろう。

「倉田さん、申し訳ありません」と言って美尋は頭を下げた。

「どうしたの？　何かトラブルでも？」

美尋はすぐに事務所に戻らなければならなくなったことを、理由とともに手短に説明した。

「そっかぁ……。それじゃ、こうしちゃいられないよね」

倉田は苦笑しながらそう言ってくれたが、四葉よりもほかのクライアントの仕事を優先しているとも受け取られかねない話だった。内心では、倉田が気分を害しているのではないかと心配しつつ、美尋はもう一度深々と頭を下げた。

「杉浦さん、そんなふうに謝らないでいいよ。僕と杉浦さんの仲でしょ？」

「え⁉」

美尋が顔を上げると、「なんてね。そんなふうに言ってみたくて」と、倉田は冗談めかして言った。

水を運んできた店員に、倉田は事情を説明すると、すぐに二人は店を出た。そして、会社に戻るついでだからと言って、倉田が美尋を送ってくれることになった。

「こちらの勝手な都合でご迷惑をおかけしているのに、送っていただくなんて……本当にすみません」

「もういいってば」

駐車場に向かいながら平謝りする美尋に、倉田は笑いかけた。

「その代わり、この前のプライベートで会いたいって、言ってたアレ、ここで返事もらってもいいかな？」

倉田は子供のようないたずら顔で美尋を見た。美尋の心臓が跳ね上がる。

「あ、アレ……ですよね」

意味のない言葉の繰り返しは、単なる時間稼ぎだ。どう返事をしていいのかまだ決めかねていた。鼓動が激しく内側から美尋の胸を打ち続ける。

「……私のハンカチ……今日はお持ちいただいてますか？」

返すのは次回の打ち合わせ時でいいと美尋のほうから伝えていたことを思い出し、なんとか言葉を絞り出す。倉田は「ごめん、今日は持ってきてないんだ。僕のほうも急に決めたから」と、後ろ髪に手をやった。

「そうですよね……すみません」

「ハンカチも返さなきゃならないし、今度こそ、約束してもらってもいいかな？」

優しげな視線で真っすぐ見据えてくる倉田に、美尋は戸惑った。鼓動の音がうるさく身体の奥で響く。

「倉田さん。私たち、まだ会って間もないですけど……」

「出会ってからの時間って、関係あるのかな?」

倉田が美尋の言葉を遮るように言った。

「僕はこんなに魅力的な人が近くにいるのに、待つなんてできないよ。それに僕はあのとき……眞辺さんから君の名刺をもらったときから、なんとなく、直感してたんだ」

「直感……ですか?」

美尋は以前、倉田から〝直感を大切にしている〟とは聞いたのを思い出した。

「そう。この人に会ってみたい。きっと素敵な人だって」

「名刺だけでそんなこと……」

美尋が苦笑いしかけると、倉田は心外とでもいうように、「僕の直感、バカにしましたね?」と、眉をひそめた。

美尋が慌てて否定すると、演技だったようで倉田は優しく微笑んだ。

「僕、自分の直感に自信があるんです。名刺だけが根拠じゃないですよ。眞辺さんの口ぶりからも直感したんです。実際、杉浦さんはすごく素敵な人でしたしね」

その破壊力のある笑顔とセリフに、美尋は言葉を失っていた。倉田には甘いマスクという言葉がよく似合う。何も言えない美尋に、もう一度倉田は微笑んだ。

「だいたい、ひと目惚れっていう言葉もがあるくらいなんだから、僕たちが〝短い〟だなんて、思わないよ」

「そうかもしれませんけど……」

「ごめんね。余裕のない男はモテないと思うんだけど、少し急いだほうがいいかなと思ってね」

「……急ぐ？　どうしてですか？」

首を傾げる美尋に、倉田は「どうしてだろうね」と、意味ありげな笑みを作った。

「倉田さん、私……どうしたらいいのか……」

美尋は声を上ずらせる。気持ちが動揺して、もはや倉田を得意先の人間として接することができなくなっていた。倉田はそんな美尋の様子すら楽しむように、頰を緩ませていた。

「迷っているなら、とりあえず僕の誘いを受けてみるっていうのはどうかな？　クライアントとか、そういうことは頭の中から外して」

倉田の顔は先ほどまでの笑顔と打って変わって、真剣そのものだった。

「じゃあ……お食事、ご一緒させてもらってもいいですか？」

美尋がはにかみながら答えると、倉田の目が細まり、目尻がぐっと下がった。

「もちろんだよ」

そして、プライベートでも連絡できるように、アドレスを交換した。

「このまま二人でドライブにでも行ってしまいたいけど、そんなことしたら、きっと眞辺くんがカンカンに怒るだろうね」

車に乗り込んだ倉田は、ハンドルを握りながら冗談を言った。美尋には眞辺の様子がたやすく想像できた。

「……はい。たぶん、私が受けた案件、まったく引き受けてくれなくなりそうです」

美尋がため息交じりに言うと、倉田は肩をすくめて笑った。

しばらくして、車はアートプレイデザインの事務所が入ったビルの前に到着した。

「じゃあ、また。希望の日があれば連絡してね」

倉田が優しい笑顔を浮かべる。現実味のない言葉だが、夢ではなかった。

「はい……」と返事をした後で、美尋は自分を現実の世界に引き戻す。

「送ってくださってありがとうございます。お忙しいのにすみませんでした」

「いいよ。眞辺くんにもよろしく」

車のドアを開きかけていた美尋は倉田に声をかけられ、ほんの一瞬動きを止めた。

すぐに車から降りると、会釈してドアを閉めた。美尋が車から離れると、倉田はゆっくりと車を発進させた。

美尋は倉田の車を見送りながら、前回の別れ際もこんなふうであったことを、ぼんやり思い出していた。そして、先ほどわずかに感じた違和感の正体に、遅れて気がついた。

倉田は眞辺をこれまでの『眞辺さん』ではなく、『眞辺くん』と呼んでいた。

けれど、その意味を考える余裕は、美尋にはなかった。


エレベーターの扉が六階で開くと、緊急の案件で戻ってきたにもかかわらず、美尋は一瞬足が動かなかった。倉田と約束を交わし、本来ならふわふわした気分になっていてもおかしくないはずなのに、どこか身体は重かった。

自分でも原因はよくわからない。慣れない展開に、単に疲れただけなのかもしれない。そうでなくても、あの大手企業の四葉ということで、倉田と居るときは否が応でも緊張している。身体が強張ってしまったのかもしれない。

「戻りました！」

そんな自分に活を入れるように、美尋はいつもより威勢よく扉を開けた。

フロアを歩いていくと、ざわついた空気の中に走る緊張感が美尋のなまった神経を刺激してくる。いつもは早く解放されたいと思うこの空気に、今ばかりは早く馴染みたいとさえ思った。

「血相変えて戻ってくるかと思ったのに、案外余裕だな」

眞辺の鋭さは相変わらずで、まだわずかに緊張感の薄い美尋の表情に気づいた。

「よ、余裕なわけないでしょ？　十分焦ってるわよ」

顔を背けて言うと、「状況は？」と、眞辺のデスクに回り込んだ。

「せっかくのデートが残念だったな」

眞辺はタブレットをペン先で緩やかに撫でながら、鼻で笑った。

「……打ち合わせ、ですけど」と、美尋は眞辺を睨む。

「ちゃんと取材もしてきたんだから。画像もあるし、後で一緒に見よ。って……今日はもう無理だろうけど。後で画像送っとく」

「一応仕事も忘れてなかったってことか」

「当たり前でしょ。仕事に行ったの」

美尋の言葉に、眞辺はもう一度、皮肉るように笑う。

「向こうはどうかなぁ。今日は俺がいなくて喜んでただろ？」

「そんなことないよ。急だったから仕方ないって。眞辺によろしくって言ってたし」

「ふーん」

眞辺の視線がゆっくりと自分に向けられるのを察し、美尋はまだ目が合ってもいないうちから、目をそらした。

「それより状況は？」

「ああ、ここ二年以内の写真が、一店除いて全部あった。で、手分けして電話して確認したところ、料理は変わってないっていうから、デザイン的にはなんとかなるだろ。残り一店は無理言って店の許可取らせて、もう撮影に向かってる」

　こういうときの眞辺は本当に頼りになると、美尋は胸を撫で下ろす。こういった仕切る力があるから、眞辺はデザイナーという枠を超えて、クライアントから信頼されているのだ。

「で、わかってると思うけど、問題は原稿だ」

「文字数と締め切りは？」

「めいっぱい文字を少なくするデザインにして、百五十字カケル十八店ってとこかな。店のデータは別で。リードとかそのあたりのコピーは、向こうでなんとかするってさ。明日の朝までに一度送って、戻ってきた修正を反映させて終わり。最終的には海外にデータ送って、向こうの印刷所で刷るから、明日中の納品が絶対だとよ」

「わかった、それくらいの文字量なら書けると思う。っていうか、書くしかないってことだよね」

「そういうこと。仕事中にデートなんかに行った罰だな」

「だから、デートじゃないって」

時計を見てタイムリミットまでの時間を計る。仕事の話をして時計の秒針を見ているうちに、やっと脳と身体が日常の感覚を取り戻していくのを感じた。

この案件のおかげで徹夜は間違いないどころか、朝までに終わるのか不安だった。

美尋が席に着くとすぐ、橋爪が「何か手伝いますか」と言ってくれた。眞辺にこちらの作業に集中してもらうため、眞辺が同時に進めている別案件のデザインを橋爪に任せることにした。代理作業は新人デザイナーのチャンスにもなるので、橋爪は張り切って引き受けた。

活気のあった室内がいつの間にか静かになっていることにふと気づく瞬間がある。

結局、その日も泊まりになったのは、美尋と眞辺の二人だけだった。

すでに店のデータなどは、ほかの社員にまとめてもらっていたため、もし誰か残ってくれていたとしても、もう頼めることはなかった。

「眞辺……少し寝たら？」

「いい。お前こそ……寝ろ」

午前三時。完成の見込みが見えてきたところで、安堵のせいか眠気がピークに達していた。お互い仮眠を取ることを拒んだのは、仮眠が仮眠にならなかったときのことを恐れているからだ。二人ともここで一度眠ってしまったら、今日は起きられる気がしなかった。

「こんな生活……肌によくないよね。肌のためには成長ホルモンの関係とかで、夜十時までに眠ったほうがいいんだって。十時ってさ……いつもまだここにいる気がする。はぁ……エステ行きたい。買い物行きたい。ネイルに行きたい。美容院行きたーい」

眠気のピークがそうさせるのか、美尋は途中から急に妙なテンションでしゃべり始めた。眞辺はちらりと美尋を見やると、呆れたように言う。

「どうしたんだよ、急に。女みたいなこと言って」

「〝みたい〟じゃなくて、女ですけどね」

答えながらも、キーボードを打つ手は止めない。

「でも、眞辺に言われたとおり、オヤジなのかなって、思うこともあるのよ。実際思い当たる節も多いっていうか……」

美尋は小さく笑った。眞辺にこんな話をして何になるのだろう。頭はぼんやりしているのに、指先はまるで機械のようにキーボードを正確に打ち続けていた。

「へぇ……急に自覚し始めたわけ？　倉田の影響か？」

眞辺の口から倉田の名前が出ると、途端に心が落ち着かなくなった。

何か言わなければと考えあぐねた結果、正常な判断力を失ったのだろう。眞辺には知られたくないはずのことを話し始めてしまった。

「前に……私のハンカチ、倉田さんの車に忘れたって話したでしょ？」

「ああ。今日返してもらったんだろ？」

「……ううん。今日は急だったから、倉田さん、持ってきてなくて……」

すると、眞辺が「そういうことか」とため息をついた。

「んで、会うことになったってわけだ？」

答えないのは、肯定するのと同じだ。

「会っても……大丈夫だよね？」

「お前……なんでそんなこと俺に聞くの？」

真夜中に生まれる沈黙は重く冷たい。美尋は声を振り絞った。

「どうしていいか、わからなくて。半分パニックっていうか。得意先の人でしょ？　しかも進行中の案件だし。これからが大切っていうか……」

「お前、それ、完全に接待じゃん」と、眞辺は鼻で笑った。

「そうじゃないけど、プライベートで会おうって言われて……どんな顔して会えばいいのかわからなくて。そもそも、仕事とプライベートって何？　いつもそんな切り替えて生きてるわけじゃないし。眞辺にとってはいい迷惑だろうけど、ほかに話せる相手、いないんだよね……」

そのとき、親友の優香の顔が思い浮かんだ。優香なら何かいいアドバイスをしてくれたかもしれない。

でも、倉田に車で送ってもらったときから、相談相手として頭に浮かんでいたのは、眞辺だけだった。なぜ優香より眞辺のことが先に頭に浮かんだのか、自分でも説明はできなかった。

先ほどよりも長い沈黙が、美尋の背中にのしかかる。

「俺はお前の貴重な〝トモダチ〟ってわけか……」

眞辺の声が低く響いた。キーボードを打っていた指を止め、美尋は首を傾げた。

〝トモダチ〟？

眞辺は同僚で、仕事仲間として尊敬していて、家に遊びに来たりもして……でも、友達とは何かが違う気がした。

「眞辺は……ちょっと違うよ」

何がどう違うのかと聞かれたら説明できないが、美尋は言い切った。今度は眞辺がタッチペンの動きを止めた。

「残りの原稿まだかよ？　俺、お前を待ってんだけど」

眞辺は小さな舌打ちと嫌味で、再び二人を覆いそうになる沈黙を振り払った。

「ごめん。もうできる」

美尋もそれを合図に急いで最後の仕上げにかかった。

クライアントの確認用にデータを送信した頃には、午前五時を回っていた。外はまだ暗い。これから返事が来るまでの間が、束の間の休息になる。すべてを出し切ったため、達成感とか、充実感よりも、疲労感が勝り、二人はしばらく口を利くことができなかった。

美尋は自分の脳が、思考を停止しようとしているのがわかった。もう少しすれば本当に何も考えられなくなって、動けなくなる。

そんな自分を、今、こうやって冷静に分析できているのが不思議だった。その間にも身体がこの居心地の悪い椅子にへばりついていくような気がした。

「ソファ、ベッドにしてやるから寝てこいよ」

眞辺が立ち上がって休憩スペースへ移動したので、美尋もふらふらとその背中を追った。

眞辺はソファの背もたれを倒してベッド仕様にした。シワになったシャツのせいか、広い背中が余計に疲れて見える。案の定、広げた矢先に眞辺は崩れるようにベッドに倒れ込んだ。

「ちょっと眞辺、大丈夫……？」

ベッドに近づくと、眞辺はもう目を閉じかけていた。心なしか顔色が悪い。

「無理もないか……」

美尋がソファの脇にあったブランケットを眞辺に掛けると、ブランケットの下から眞辺の腕が伸びてきて、腕を掴まれた。美尋は勢い余ってベッドに倒れ込んでしまった。すぐ横に眞辺の顔がある。咎《とが》めようと口を開きかけると、眞辺が目をつぶりながら言ってくる。

「お前も寝ろよ」

「何言ってんのよ……」

美尋は以前のように断ったが、ソファベッドの感触はまるで美尋を飲み込むかのように身体にまとわりついた。そして、一気に眠りの中に引きずり込む。

「眞辺……」

口も重く、まぶたも重い。美尋がやっとの思いで口を開くと、眞辺は美尋を抱き寄せた。

「いいから寝ろ」

大きな腕が美尋の身体に覆いかぶさる。美尋はその手を払い除《の》けようとは思わなかった。というより、もうそんなことは考えていられなかった。眞辺の腕から体温が幾秒も伝わらないうちに、目を開けていられなくなる。

心地よいまどろみの中、美尋は誰かが自分の頬や髪に優しく触れた気がした。こんなふうに触られるのはいつ以来だろう。

まるで愛《いつく》しむように、優しく美尋の頬を撫でていたが、ふいに温かい感触が唇をかすめた気がしたのを最後に、美尋の意識は完全に途切れた。


それからどれくらい時間が経ったのだろうか。

ベッドのスプリングがかすかに揺れるのを、美尋は夢うつつに感じていた。眞辺がベッドから身を起こしたのだろうか。

遠くでぼそぼそと眞辺と橋爪の声が聞こえる気がする。でも、身体が泥のように重く、まぶたを開けない。囁き声をBGMに、もう一度、美尋が眠りの波にさらわれそうになったとき、視界に影がよぎった気がした。

「……杉浦さんがこんなふうに眞辺さんと並んで寝てるってことは、杉浦さん、本当に眞辺さんのことを意識してないんですね？　この前はもう少し意識してるのかなって思ってたけど、やっぱり全然ですね」

美尋の顔をのぞき込んでいるのか、すぐ近くに橋爪の気配がする。その声は楽しげだが、どこか冷たいものを含んでいる気がした。

「お前……何しに来たんだよ？」

ぼんやりとまどろみながらも、二人の間に張り詰めた空気が流れているのを感じる。

「何って……手伝いですよ。グループメール、チェックしました？　返信が届いてましたよ。だから、眞辺さんを起こしに来たんです」

橋爪は次いで「杉浦さんも起こしましょうか？」と言った。身じろぎするような衣《きぬ》擦《ず》れの音がする。

「触るな」

眞辺の低い声がした。

「修正なら俺の仕事だ。杉浦はもう少し寝かせとけ」

そしてもう一度スプリングが大きく軋《きし》み、ブランケットが肩を覆った気配がした。

その温かさと遠ざかる規則的な二つの足音に、今度こそ完全に美尋は意識を手放した。

美尋が目覚めたのは、それからしばらくしてからだった。

薄く開けた視線の先に眞辺がいないことに気づいた途端、美尋は飛び起きた。

デザインルームによろけるように駆け込むと、眞辺と一緒に橋爪の姿を見つけてさらに驚いた。寝過ごしたかと思い、壁時計を仰ぎ見ると、まだ八時三十分だった。

橋爪が美尋に気づき、にこやかに挨拶をする。なぜか橋爪は、眞辺の席で作業をしていた。

「あ、杉浦さん。おはようございます。寝起きの顔、見ちゃいましたよ。お化粧してないとちょっと幼くなるんですね」

「え⁉　やだ、見ないでよ」

美尋が顔を手で覆うと、橋爪はそのことも面白がっているのか、「隠さなくてもいいじゃないですか。結構可愛かったですよ」と笑った。そしてちらりと眞辺の顔色をうかがい、続けた。

「僕だって別に初めて見るわけじゃないし、眞辺さんにはいつも平気で見せてるじゃないですか」

橋爪はにこりと笑ったが、どこか不敵な笑みだった。

「でも、まあ、わかりますよ。僕にもいますから、そういう感覚の女友達。一緒にいても全然その気にならないし、異性の対象として見られないんですよね」

橋爪は一人で納得し、おまけに美尋に同意を求めてきた。

美尋はすぐに返事をしなかった。その知ったかぶりの口の利き方なのか、生意気な笑い方なのか、なんだかよくわからないが、美尋の気に障《さわ》ったからだ。とはいえ、後輩相手に目くじらを立てても仕方がない。美尋は冷静に自分に言い聞かせた。

「私と眞辺の関係は、ただの友達とは違うけどね。橋爪くんにはわからないと思うけど」

美尋がそう言うと、同意を得られると思っていたのか、橋爪の顔から笑顔が消え、代わりに眞辺が少し笑みをこぼした。

美尋は二人の表情の変化に気づくこともなく自分の席に座り、クライアントからのメールを確認した。

「さすが眞辺。ほとんど修正なしじゃん。もうできてる？」

美尋がモニター越しに言うと、眞辺からすぐさまデータが送られてきた。

「修正部分は橋爪にやってもらった」

「そっか。眞辺もチェックしてくれた？」

「もうしてある」

「了解。ありがとう。橋爪くんもありがとう」

美尋は明るくねぎらったが、橋爪の表情は相変わらず拗ねた子供のようだった。

最後の見直しを終えてデータを送り、十分後には解放された。大きなあくびを交換し合うように、眞辺と美尋は同時に伸びをした。

一つが終わってもまた次が始まる。自分をリセットし新しい戦いに備えるために、美尋はいつもどおり一度家に帰る。出社し始めたほかの社員と入れ替わりにビルを出た。

わずかな時間だが、ベッドで仮眠を取れたためか、身体は思ったよりも辛くなかった。身体よりも辛いのは、穏やかな朝の秋風にさらけ出された顔だった。電車の窓に映る、寝不足と乾燥で荒れた肌が痛々しい。美尋はすっかり水分のなくなった頬を手のひらで押さえた。

そのとき、思い浮かんだのが親友の優香の肌だった。しっとりとしてふっくらした彼女の肌。しかも、今は結婚の準備のために、さらに肌に磨きをかけているかもしれない。

美尋はため息をつきながら、スマホを取り出した。

夕べ、倉田の件を眞辺に相談したものの、答えは出なかった。やはり初めから優香に相談するべきだったかと、美尋は少し後悔していた。

最後の頼みの綱だと祈るような気持ちで優香にメッセージを送ると、家に着くまでに早速、【来週の土曜日はどう？】と返信があった。平日の夜を指定してこなかったのは、美尋の帰りが毎日遅いことを知っているからだろう。美尋は優香の心遣いに感謝しつつ、約束できたことで少しホッとしていた。

美尋は自分でも困惑していた。どうしてこんなにも決断力がないのか、自分のことながら理解できなかった。

そしてこの答えは後日、優香によって解き明かされたのだった。

第四章　軋む夜

　翌週の土曜日、久しぶりに二人でショッピングをしようと、美尋と優香は名古屋駅の駅ビルに来ていた。会おうと誘ったのは美尋だが、ショッピングを提案したのは優香だった。優香にしては珍しいことだったが、きっと、結婚式や新居の準備で、いろいろ買いたい物や見たい物があるのだろうと、美尋は喜んで付き合うことにしたのだ。

　久しぶりに会った優香は、少しだけ疲れた顔をしていた。心なしか肌も荒れ気味だった。普段綺麗な肌をしているぶん、余計に目立って感じられた。

　もちろん、美尋はそのことを口にはしなかった。肌の調子を指摘されるのは、女にとっては嬉しくないことだ。

「結婚の準備、順調？」

　ぶらぶらとウィンドウショッピングをしながら、当たり障りのない言葉で優香の近況をうかがう。

「……うーん。思ったよりも大変」

　優香は苦笑いをした。

美尋は今まで結婚した友達が、結婚の準備は本当に大変だと、口を揃えて言っていたのを思い出す。特に優香の場合は婚約者の彼が大手に勤めているので、式に誰を招くかとか、席順をどうするかなど、いろいろ気苦労も多いのだろうと、美尋は想像した。

「みんな言うよね、準備は大変だって。でも、大変でも楽しいんじゃない？」

そう、憧れの結婚に向けての苦労なので、結局みんな「でも、楽しい」と言うのだ。大変だと言いながら笑顔だし、こちらが聞けば嬉しそうにいくらでも話してくれる。

「そうだよね……。そういえば、みんな楽しいって言ってたね」

優香はまるで他人事のように言った。

「優香だって、そうでしょ？」

美尋が冷やかすと、優香は弱々しく笑った後、「それより今日はパーッと買い物したい気分」と言って、表情を明るく塗り替えた。

「パーッとって、なんだか優香じゃないみたい。それじゃあ、私じゃん……」

美尋は初め笑っていたが、途中で自分の顔が曇るのがわかった。自分のようだと言いながら、そういうときはどんな状況なのかを思い浮かべたからだ。

美尋はストレスが溜まると、パーッと買い物をしたくなることがあった。そう考えると、美尋は急に優香のことが心配になった。

「優香、もしかして何かあった？」

何もないよ、と明るく言ってくれることを期待しながら、優香が聞き流してしまうほど軽いノリでたずねた。

「……なんにも」

優香が作り笑いも上手くできずにいることを認めた瞬間、美尋は「優香、ちょっと出よ」と彼女の手を引いてファッションフロアを出た。

エスカレーターに乗り込み、最上階のレストラン街へ向かうと、喫茶店に入った。

優香がミルクティーを注文すると、美尋は「同じものを」と、メニューも見ずに店員に告げた。

「相変わらず男前なんだから」

優香はクスリと笑った。そして少し顔を曇らせる。

「やっぱり私、美尋と結婚しようかな」

優香はそう言って再び微笑んだが、美尋は少しも笑えず、それどころか顔が強張った。

「ねぇ、優香……。高梨さんと……何かあった？」

優香は弱々しく首を横に振った。けれども、首を振っただけで否定はしない。何かを言いたげなのに、言えないでいるのは顔を見ればわかった。聞くのが怖いが、優香が自分の言葉を待っているような気がした。

「優香……。私は何を言われても驚かないし、優香の味方だから」

優香は唇を噛んで押し黙った。もしも、美尋の予想が当たっていたとしたら、軽々しく口にできることじゃない。きっと迷っていて、葛藤しているのだろう。美尋は静かに優香の言葉を待った。

優香は落ち着かないのか手を握ってみたり、腕をさすってみたり、忙《せわ》しなく手を動かしていた。テーブルにミルクティーが届いて、やっと覚悟を決めたのか、うつむいたまま口を開いた。

「彼と……結婚していいのか……わからなくなってきた……」

予感は的中した。しかし、ただのマリッジブルーとは思えなかった。美尋の知っている優香は見た目以上に芯がある。そんな優香が心を揺らしているのだから、もっと重い何かを抱えているに違いなかった。

「優香……もしかして、あのときも思ってたの？」

二人で婚約祝いをしようと女子会をした日、優香は結婚が決まったというのに、はしゃいでいるような様子はなかった。あのときは余裕の表れだと思っていたが、そうじゃなかったのかもしれないと、美尋は思った。

「……少しね」

優香はそう言った後、目を閉じて深呼吸すると、その先を続けた。

「気のせいだと思って、自分に言い聞かせてたの。彼は優しいし、私のことを思ってくれてる。結婚したら、きっと不自由なく暮らせる。自分は恵まれてるんだって……。あの日、美尋に会って、『おめでとう』って言ってもらえたら、気分も変わるのかもしれないと思ってた。でも……その逆だった」

美尋の顔が一瞬にして青ざめた。

「私のせい……？」

美尋の言葉に、優香は緩く首を横に振る。

「違うよ。美尋が悪いわけじゃない。変な言い方してごめん。あの日、久しぶりに会って、美尋が本当に羨ましく思えたの。好きな仕事に一生懸命で、自分に似合う綺麗な服を身に着けて、毎日をめいっぱい自分のために生きてる感じがした」

「だって、それは……私が一人だからだよ。今は付き合ってる人もいないし。結婚となったら相手がいるんだから、私だって今のままじゃいられないよ」

「それはわかってる。結婚って、綺麗事になるかもしれないけど、お互いを高め合うってことでしょ？　私もそうなりたかったんだけど……。今、結婚したら、高め合うどころか……〝私〟って存在がなくなる気がするの。結婚したら不自由なく暮らせるとは思うけど、私からは自由もなくなるわ」

優香は儚げに微笑む。しかし、それは美尋には笑顔には見えなかった。少なくとも目の前にいるのが、結婚が決まって喜んでいる親友にはとても思えなかった。美尋は高梨に相談するようにと勧めたが、優香の反応は芳《かんば》しくなかった。

「いつも……何かを決めるのは彼で、何かをしようとするときは、いつも相談じゃなくて決定事項。もう決まっていることなの」

「もしかして……結婚も、そうなの？」

「彼は自分との結婚が、私の一番の幸せだと思ってるから」

だから高梨は聞く耳をもたないし、聞いたところで冗談だろうと笑われるだけだと、優香は何もかもあきらめた様子だった。

しばらく優香の想いを聞き、最終的に行きつく問いかけは一つしかない。

美尋の口は鉛を含んだように重かった。

「結婚……やめるの？」

優香は今日一番切ない笑顔を見せて答えた。

「やめるなんて……もう無理よ」

「どうして？」

「どうしてって……もう話が進んでるんだもん。私だけの問題でも、私と彼だけの問題でもない。お互いの家族や親族まで巻き込んでる。式場だって決まってるし、これから招待状も出すところだし」

優香が小さな息をつく。美尋は大きな音を立てている自分の心臓を押さえるように、胸に手を置いた。

「優香、それでいいの?」

「……いいの」

優香はしばらく間を置いて静かに答えた。

「価値観の違いなんて、どこの夫婦にもカップルにもあるものでしょ? 多少の我慢は必要だし、私が合わせてたら彼は満足な訳だし、二人の間に問題は起こらないから」

〝価値観の違い〟という一言が、美尋の心に重くのしかかる。そして、美尋から言葉を奪った。

「ねぇ、これ早く飲んで、買い物に戻ろうよ。私、もう少しで仕事を辞めるんだ。だから、まだ自分の収入があるうちに、自分のお金でパーッと自由に買い物したいの」

優香は先ほどとは打って変わって明るく言った。しかし、その明るさが逆に美尋の目には悲しく映った。パーッとなんて、堅実家の優香には似合わない言葉だった。

テーブルに運ばれたミルクティーは甘いはずなのに、茶葉の渋みが口の中に残った。それは、喉元まで出かかっている言葉のせいかもしれない。

優香、結婚するのやめなよ――。

しかし、簡単に口にできる言葉ではない。結婚するかしないかは、優香の人生を大きく変えてしまう。自分にそんな発言が許されるのかもわからない。優香は高梨からもその親族からも、優香の親族からも責められることになるかもしれない。

もちろん、優香もそのことはよくわかっている。だからこそ、そんなことはできないと言っているのだ。自分の気持ちはまったく別の方向を向いていても……。

でも、優香は待っているのではないだろうか。周りのことなど考えず、親友だけのことを想う自分の言葉を。自分がそっと背中を押してくれることを。

美尋はそれを確信し、ゆっくり口を開く。

「優香……価値観の違いって、何かで埋めるのは難しいよ。しかも、それを優香の我慢で埋めようとするんだったら……私、『おめでとう』って言えないよ……」

美尋は話すうちに目頭が熱くなってきた。

「優香がどんな結論を出しても、私は優香の味方だから。もし、どこか頭下げなきゃいけないところがあったら一緒に行くし。私ね、伊達に頭下げてきてないから」

美尋が涙目で笑うと優香も笑った。その笑顔は穏やかだった。優香はしばらく間を置くと、「ねぇ、美尋」と内緒話でもするかのように声をひそめた。

「私ね、じつはまだ銀行に辞めるって言ってないの。どうしてもあきらめきれなくて」

「そうだったの⁉」

　美尋は驚きで声を上げた。

「なんだぁ……。それを早く言ってよ、優香」

　美尋が天を仰ぐと、「ごめん」と優香が謝る。そして、窓の外の人々を見下ろしながらぽつりと呟いた。

「私……これからどうなっちゃうんだろうな。いろんな人にいろいろ言われるんだろうね。ちょっと怖い」

「でも、優香の人生だもん。後悔してほしくない。私にできることがあったらなんでも言って」

「ありがとう。美尋みたいな味方がいるだけで心強いよ」

　美尋はゆっくりとうなずいた。

　優香が言うように、これから大変なことになるだろう。しかし、いつかこのときの決断が間違っていなかったと、二人でまた乾杯しながら話せたらいい。美尋はどこまでも優香の味方でいる覚悟だった。

「あーあ。話聞いてもらったら、なんだかお腹空いちゃった。このままお昼にしない？　式場のキャンセルとかもあるから、もうパーッと買い物なんて贅沢《ぜいたく》できないしね」

そう言って優香は明るい声で店員を呼び、メニュー表を受け取った。美尋は「そうだね」とうなずき、彼女の提案どおりランチにすることにした。

「で、今度は美尋の番だね」

パスタを注文後、自分のことについて気持ちがすっきりしたのか、優香は別人のように目を輝かせてテーブルに身を乗り出した。

「相談て……もしかして、例のデザイナーさんのこと？」

「違うよ」

美尋が目を伏せると、「違うの？　じゃあ誰なの？」と優香は意外そうな顔をした。すっかり元気を取り戻した優香に安堵しつつも、今度は美尋のほうがたじたじになる。

美尋は優香の勢いに押されながら、倉田のことを話し始めた。プライベートで会いたいという誘いを受けているところまで話すと、優香は「なるほど……」と大きくうなずいた。

「そんなに難しく考えなくてもいいんじゃないの？　仕事とは切り離して考えればいいんだし」

「それがそう簡単にできないから困ってるの」

美尋はため息をついた。それは頭ではわかっているし、それができたらどんなにいいだろう。すると、優香がクスッと笑った。

「だったらさ……その人にはそれほどの魅力がないってことなんじゃない？」

優香の言葉の意味がわからず「どういうこと？」と聞き返す。

「その人が本当に魅力的なら、立場とかなんだとか考えずに、美尋だってOK出すでしょ？　美尋もその人のことは別に、好きってわけじゃないんじゃない？」

美尋は思わず眉をひそめた。「そんなこと……」と言いかけて口をつぐむ。

「ないって、言えないんでしょ？　思い切れないのは自分の気持ちが弱いからよ。本当に好きだったら仕事とか、得意先とか、そんなの関係なく会いたくなっちゃうと思うし、ほかのことなんてどうでもよくなるのよ」

「まだそこまで……。だって会ったばっかりだし……」

断言する優香の言葉に、美尋はたじろいでしまった。すると、優香は鼻から長い息を吐き出した。

「私も、彼が私のことを想ってくれてるのがわかってたから、そのうち私もすごく好きになれると思ってたんだけど、結局こうなっちゃった。自分がそうでないぶん、だんだん相手の気持ちが重くなってくるの」

優香は今だから言える本音を語ってくれた。けれど、それで二人の間の空気が沈んだと感じたのか、明るく言った。

「でも、思い切って会ってみなよ。それで美尋がどう思うかよ。どっちに転がるかはそれからよ」

それが優香の示した解決策だった。美尋にまだ迷いはあったものの、親友に力強く言われて、それが一番いい方法に思えてきた。目の前が急に開けた気がした。

「やっぱり、一番先に優香に相談するべきだった」

美尋が言うと、優香が運ばれてきたパスタを頬張りながら「ん?」と顔を上げた。優香もすっかり元気を取り戻して、食欲まで出てきたようだった。

リスのような可愛らしい顔に、美尋は思わず笑みをこぼした後、眞辺にも相談したことを明かした。

「え、あのデザイナーさんに言っちゃったの?」

優香はパスタを巻きつけたままでフォークを皿に置いた。

「だって、優香以外に相談できるのアイツしかいないし」

美尋はそのことについては多少の後悔があったので、ため息交じりに唇を尖らせた。

すると、優香までもがため息をつく。

「彼、何か言ってた?」

美尋は首を横に振った。

「なんのアドバイスもなし。まあ、あのときは仕事も大詰めだったし、なんか不機嫌になっちゃったから……。あのタイミングで私が話したのが悪かった」

優香は美尋の話を聞いた後で、先ほどの自分の提案が間違いでなかったと確信した。

「とにかく、その人と二人っきりで食事でもしてみて。そしたら美尋にもわかるから」

優香は美尋に念押しすると、再びフォークを手にしてパスタを口に運んだ。


優香との作戦会議を経て、美尋はいよいよ倉田と食事に行く約束をした。倉田も食品会社の新商品のキャンペーンで忙殺されていて、また美尋は美尋で倉田の仕事を受けた影響で、当分の間、土日も休めない状況だった。そのため、約束したのは少し先になる十月の最終週の土曜日。倉田がディナーに連れていってくれるということで決まった。このことは眞辺には話していなかった。

紅屋の案件は徐々に形になり始めていた。

倉田と共に行った新規店舗の視察で撮影した画像が役立ったのか、デザインに悩んでいた眞辺も、いくつかパッケージのラフ案を作成していた。美尋はそれに合わせて包装紙などの素材選びに走り回っていた。

今週中にもラフ案を完成させて、来週には四葉を通じてクライアントへの確認作業が始まる。そのため、眞辺も大詰めを迎えていた。橋爪も別の案件を任されたり、紅屋の件においてもデザイン画を描いてみたりと、今まで以上に活き活きと仕事をしていた。

もちろん、美尋もラフ案に付随して提出する資料作りに追われ、良くも悪くも自分らしい日々を送っていた。


週末に倉田との食事の約束を控えた十月最終週の木曜日、美尋は眞辺のデスクをのぞき込んだ。

「眞辺、紅屋の件、今週中になんとかなりそう？」

「なんとかするしかねぇだろ」

ここのところ締め切りが連続していた眞辺には、少々疲れが滲んでいるように見えた。体調を崩さないか、美尋は内心心配していた。

「眞辺、今日は締め切りないんでしょ？　久しぶりに焼肉でも行かない？」

「焼肉か……」

美尋の誘いに、眞辺はモニターから顔をそらさず反応した。

「食いてぇな」

「なら、行こうよ。今日は大サービスで私が焼いてあげるから。ほら、前になんでもしてあげるって言ったじゃない？」

眞辺と焼肉に行くときは、決まって眞辺が焼きの担当だ。美尋は口は出すが手は出さないと決めている。すると一瞬、眞辺は不服そうな顔を見せる。

「……なんでもって、これかよ。ってか、お前上手く焼けるのかよ？」

「焼くわよ」

意気込む美尋の様子に、眞辺は鼻で笑うと、「じゃあ、頑張るか」と少し声色を明るくした。美尋はホッとして「店、予約しとくね」と、早速、電話をかけに席を立った。

眞辺とはいろいろな店に焼き肉を食べに行っているが、予約したのは一番馴染みの錦通の店だった。最新の設備とは程遠い店で、いつも店内は煙っているが、二人はこの店が気に入っていた。メニューも、互いの好みも頭に入っていて、席についてものの数秒で注文は終わる。

「大丈夫？　毎日ちゃんと食べてるの？」

「お前に心配されるとは、俺も終わったな」

「失礼な」

眞辺の言葉に、美尋は網の上の手を止めて睨みを利かせる。しかし、肉のほうを心配する眞辺は「焦げてる」と言って、約束どおり焼きを担当していた美尋からトングを奪い取る。

「まともに飯食う時間があると思ってるのかよ？　帰ってシャワー浴びたら布団で寝るのが精いっぱい。お前だって似たようなもんだろ？」

眞辺は美尋のせいで少し焦げたカルビを、美尋のご飯の上に直接乗せた。ビールが飲めないときは二人ともご飯を頼む。今日は二人とも、食後、仕事に戻るつもりなので、酒類は控えていた。

美尋はカルビを箸で摘まむと、甘辛いタレをたっぷりつけて、幸せそうにご飯と一緒に口に放り込む。口の中に肉の脂が染み渡ったところで、美尋はふと真顔になる。

「野菜も食べなきゃね。サラダも注文しよう」

美尋はそう言うなり注文した。眞辺が不思議そうな顔をする。

「なんだ、珍しいな」

「いつも私が味が濃かったり、脂っこいものしか頼まないから、優香……友達がバランス考えて野菜とかいろいろ頼んでくれるの」

眞辺は「例の今度結婚するって友達か？」と、思い出したようにたずねる。

「そのはずだったんだけど……」

美尋は婚約破棄の件について、事情を説明した。

「へぇー、お前の友達、結構根性あるじゃん。勇気いったと思うぜ」

美尋はもっと批判的な意見を言われると思っていたので、眞辺の言葉が意外だった。特に同性の立場から、高梨目線で意見すると思ったのだ。

だから、美尋は嬉しかった。

「そうなの、おしとやかで女らしくて、だけど芯はしっかりしてるの。私、男だったら絶対優香と結婚するんだけど。向こうもそう言ってるし」

美尋は上機嫌でご飯とカルビを掻き込む。いつの間にか網の上では別の肉が焼かれていた。もちろん、焼いているのは眞辺のほうだ。眞辺は肉をひっくり返しながら言った。

「なぁ……今日はこのまま飲んじゃわねぇ？」

眞辺は我慢ができなくなったのか、ビールを頼もうと言い出した。しかし、紅屋の案件はスケジュール的にはかなり厳しい状況だ。美尋は最初は反対したものの、眞辺が大丈夫だと言い切るので心がぐらつく。

「土日もあるし、なんとかなるだろ。それに、俺がなんとかするんだからお前は別にいいだろ？」

「そんなわけにいかないよ。眞辺にだけそんな負担……」

美尋は眞辺の口から、土日というフレーズが出てドキリとした。

眞辺は美尋の返事を待たずに店員を呼んで、生ビールを二つ注文した。

「でもよ、いくら相思相愛でも、お前と彼女じゃ結婚は無理だな。一応、お前も女だし」

そう言って眞辺が話を戻す。美尋は倉田との食事の件を頭の隅に追いやると、わざと明るい声を出した。

「あ、今、私のことを女だって認めたわね？　美味しいもの食べると、人って素直になっちゃうんだよね」

テーブルに届いたジョッキに二人同時に手を伸ばし、乾杯の音頭もなしにグラスをぶつけた。二人にとって焼肉とビールは最高の組み合わせ。一口飲むだけでテンションが上がる。

「物理的には女だろ。でも……」

ビールを一口で半分ほど飲み干した眞辺が、そう言いながら美尋を手招きする。

「何よ？」と言いながら美尋が顔を近づけると、眞辺が急に自分の顔を接近させた。

「髭は生えてんだけどな……」

眞辺は薄目で美尋の鼻の下を見ると、手を伸ばして美尋の口元を親指で拭った。

「タレついてる」

そして眞辺はそのまま、自分の指先をなんでもないように舐《な》めた。

美尋は思わず目を泳がせる。視線のやり場に困った美尋は、ジョッキを持ち上げ口に運んだ。明日も仕事だというのに、こんな飲み方をしていいのだろうか。そう思いながらも、傾けたジョッキをそのままに、喉を鳴らして中身を半分ほど空にした。

アルコールが進む中、話は優香の話題に戻っていた。彼女が結婚しないと決断した理由について、眞辺が知りたがったからだ。

美尋は優香がずっと価値観の違いに苦しんでいたことを打ち明けた。

「価値観の違いって……やっぱり埋めるの、難しいのかもしれない……」

美尋はジョッキの水滴を撫でて指を濡《ぬ》らした。

「へぇ、経験ありか？」

眞辺は笑ったが、瞳の奥は笑っていなかった。

「……まぁね」

美尋は眞辺を見ずに自分の手元のジョッキを見つめる。

「でも……私の場合はもっと致命的」

美尋はジョッキを見つめたまま笑った。眞辺が片眉を上げて怪訝な顔をする。

「……どういう意味だよ？」

眞辺は少し酔っているのか、それとも深刻な雰囲気にならないようにするためか、間を置きながらも軽い調子で聞き返した。

「教えなーい」

美尋はやっと顔を上げて笑った。いくら仲がいい相手でも、これだけは言えなかった。

美尋の過去の彼氏との〝価値観の違い〟とは、セックスに関することだった。

美尋はセックスが好きではなかった。経験が少ないとは思わない。しかし、初めてしたときから、美尋はセックスが気持ちがいいとか、快感を得られるとは思わなかった。男性に覆いかぶさられ、自分の恥部を弄ばれて、何がいいのかわからなかった。

嫌いだった。苦痛だった。男は自分勝手に蹂躙《じゅうりん》するのに、美尋が感じないと不機嫌になるのも嫌だった。感じている様を演じたこともあったが、そんな自分にも嫌気がさしてすぐにやめた。

それが、今まで付き合ってきた男との、最大の価値観の違いだった。

美尋にだってわかっている。おままごとの延長のような小学生のお付き合いならともかく、大人の恋愛にセックスは不可欠だ。身体を求めない恋愛もあるのかもしれないが、美尋は出会ったことがないし、それに出会えるのは万が一の可能性よりもはるかに低いように思えた。

そんな可能性に賭けるくらいだったら、恋愛にしばられずに、仕事に打ち込んだほうが、美尋にとっては毎日が充実していたのだった。

疲れがたまっていたのもあったのかもしれない。久しぶりの眞辺との食事、久しぶりの焼肉は、平日だというのに二人をずいぶんと酔わせた。眞辺は大丈夫だと言い張る美尋を無視して、美尋を家まで送り届けてくれることになった。

「今日サボったぶん、明日からまた地獄だね」

美尋はふらふらと夜空を見上げて言った。

「後悔してもおせーよ」

眞辺が言うと、美尋は夜空から顔を戻した。

「後悔なんてしてないよ。久しぶりに楽しかった」

美尋は普段は見せない無邪気な笑顔を眞辺に向けた。眞辺は黙り込み、「転ぶなよ」と、ふらつく美尋の腕を掴んだ。

その言葉のとおり、美尋は後悔などしていなかった。

最近は仕事以外でも悩むことが増え、家で一人で飲んでいても楽しくなかった。でも、眞辺とのお酒は気楽で楽しい。気を遣うこともないので食事も存分に楽しめる。お腹の満たされた美尋は満面の笑みだが、隣の眞辺はどこか表情が硬かった。

「眞辺、もうここでいいから」

家に着くまでに、美尋は何度も眞辺に言った。しかし眞辺は聞く耳を持たず、結局、美尋のマンションまでやって来た。

「私……酔って送ってもらうって柄じゃないんだけど……」

自分はお酒には強く、その辺の男よりも飲める自信はあった。ほんの少しの量で頬をピンク色に染めているような女子とは違う。もっとも、今日は平日にしてはいささか飲みすぎてはいたが、一人で帰れない程度ではない。

「……あ、もしかして急に私が女らしく見えるようになったとか？　酔ったか弱い女を一人で返すのは忍びない、とか思っちゃった？」

エレベーターに乗り込み、美尋がふざけた調子で言うのを、眞辺は無言のまま横目で睨む。

「何よ……」

美尋は唇を尖らすが、すぐにニンマリと笑って続ける。

「まさか、一人で帰るのが嫌になったとか？　こんなにガタイがいいのに、眞辺、案外寂しがり屋だったりしてぇ」と、美尋は筋肉質な眞辺の腕を掴んだ。

エレベーターから降りると、美尋は鍵を取り出し、眞辺の先を歩いた。

「少し休んでいく？　でも休んだら帰るの、しんどくなるか……」

美尋は背後の眞辺に言いながら部屋の鍵を開けた。

眞辺から返事がないので「どうする？」とドアを開けながら振り返ると、眞辺は身体が密着するくらいそばに立っていた。

「じゃあ……こうする」

美尋は眞辺の身体に押され、足をもつれさせながら部屋に入った。

「ちょっと、眞辺……」

バランスを崩した身体を立て直し、文句を言おうとすると、そのまま眞辺に追いやられ、壁に背中を付けて直立する姿勢になった。眞辺は壁に手をつき、美尋と身体を重ねるようにわずかな隙間を保って、正面から美尋を見下ろした。

「眞辺……どうしたのよ……」

美尋が見上げると、眞辺は真っすぐに見つめていた。いつもと違う光をその瞳に感じ取り、美尋は驚いて顔をそらした。鼓動が急激に速まり、熱を帯びた血液が全身を駆け巡る。

「いや……お前って、鈍い、鈍いと思ってたけど、案外鋭いなぁと思って」

「な、何が?」

「さっきお前が言ったこと、両方正解だから」

「両方って……」

美尋は頭の中で自分の発言を振り返る。

『もしかして急に私が女らしく見えるようになったとか?』

『眞辺、案外寂しがり屋だったりしてぇ』

思い当たった言葉に、美尋は息をのむ。首のあたりから、酔いとは違う熱さが込み上げる。

「まな……」

美尋が開きかけた唇を、眞辺の唇が塞いだ。

美尋の背中が壁に当たる音がすると、眞辺はそれをかばうように、左手を背中に、右手を腰に回し、美尋を抱き寄せた。

突然の出来事に、美尋は混乱していた。制止しようとして再び開きかけた唇の隙間から、眞辺の舌が侵入してきた。美尋が押しのけようとすると、眞辺は手のひらをめいっぱい広げ、美尋をさらに強く抱き寄せる。

熱い舌は美尋の舌を絡め取り、拒否することを許さない。口の中で眞辺の舌の先が美尋の上顎をゆっくり撫でると、美尋は身体を小さく震わせて力を失った。

美尋の膝が崩れかけると、眞辺はバランスを崩しながらも身体を支え、自分の舌をさらに奥へと侵入させた。眞辺の左手がゆっくりと美尋の背中をさする。

肌がざわめき、熱がわき上がる。美尋は呼吸もままならなくなり懇願する。

「眞辺……やめて……」

美尋の絶え絶えの囁きと同時に、腰にあった眞辺の右手が身体の前に移動してきて、美尋の膨らみをとらえた。そして、その弾力を確かめるように、指先で美尋の丸みを帯びた輪郭をなぞった。

美尋はもう一度口を開きかけたが、出てきたのは熱い息遣いと、自分のものとは思えない甘い声だった。それは静まり返った玄関に響き、小さな余韻を残すと、二人を一気にのみ込んだ。

眞辺は唇を塞いだまま、美尋の靴を脱がせ、もつれるように奥へ進んでベッドに倒れ込んだ。

眞辺の手のひらは先ほどよりも激しく美尋の身体の上を這い、服の隙間から美尋の肌に直接触れた。

「眞辺……やめよ……」

美尋は途切れる呼吸をなんとか繋いで言葉にする。しかし、下着の下に滑り込ませた眞辺の指がわずかに胸の突起に触れただけで、意志に逆らって声がもれる。

「そんな声を出しといてやめようなんて……さすがお前だな。そんなに強く見せてどうすんだよ？　強く見せようとしてるヤツはたいてい……ホントは弱いヤツ……」

眞辺の指先が動き始めた。パンツスーツの前を開けて下にずらすと、ショーツの上からゆるゆると美尋の秘密を探るように割れ目を撫でる。

「だめだってば……」

美尋は眞辺の手を抑えつけた。すると、眞辺は美尋の耳を、下から上に向かってゆっくりと舐める。美尋は息を詰まらせて、身体を震わせた。

「お前の弱いとこ……お前の弱さを見てみたい。俺にならもう……見せてもいいだろ？」

眞辺の指先がショーツの中へ潜り込み、茂みを掻き分け、美尋の身体の入り口に触れた。そして、緩慢な動きで蕾《つぼみ》を撫で始める。美尋は右手でシーツを強く握りしめた。

苦い記憶が脳裏をよぎる。シーツを握る手にさらに力を込めると、眞辺は空いているほうの手でそれを解きほぐすように引き剥《は》がし、自分の指を絡めた。

「そんな顔したら、シワが増えるぞ」

いつの間にか顔にも力が入り、硬く目をつぶっていた。

「さっきまでいい声出てたくせに」

眞辺は優しく微笑むと、そのまま唇を重ねた。

「目をつぶってるとき、お前何か考えるだろ。だったら目開けたまま俺を見てろ。お前のこと感じてる俺を見てろ……」

その間にも眞辺のキスは止まらない。力を抜いた美尋の目から、涙がこぼれる。

自分でもわけがわからない感情のさなか、眞辺の言葉と眞辺の口づけが美尋の胸を熱くしていく。

「眞辺、私……」

その先の言葉は眞辺のキスで覆い隠された。そして、眞辺は美尋のまぶたに口づけすると、再び美尋の下腹部に当てた指を動かした。その指先から聞こえる水音が美尋の耳を刺激し、さらに鼓動を速める。自分の体内に流れる血の熱を、美尋は感じ取っていた。

美尋が遠慮がちに眞辺の背中に手を回す。眞辺の息遣いが変わるのが、美尋にもわかった。目を開けると、眞辺のほうが目をつぶったまま切なく眉をひそめている。

身体を繋げたわけではないが、眞辺が全身で自分を感じていると思うと、美尋の身体の奥がキュンと伸縮した。

耳元で繰り返される眞辺の呼吸に耳を澄まし、美尋は自分の呼吸を重ねた。口づけされれば、美尋の舌はまるで眞辺の舌の一部のように動きを合わせ、身体は眞辺の指先に翻弄《ほんろう》された。

眞辺の指が濡れた身体に入ってくると、美尋は大きく身をよじった。

美尋の恥じらいまで溶かしていくように眞辺の指先が優しく動く。その動きは徐々に激しさを増し、美尋は我慢できずに声をもらした。しばらくすると、今までに感じたことのない感覚が身体の芯に集中し、意識が飛びそうになる。

「眞辺……もう……ダメ……」

美尋の身体が大きく跳ねた。震えはすぐに収まらず、小刻みな痙攣《けいれん》を続けながら口から荒い呼吸を繰り返す。眞辺が美尋の身体から指を離すと、その瞬間にも美尋の身体はかすかに震えた。

久しぶりの行為に汗ばんだ身体はぐったりとして自由が利かなかった。眞辺は美尋の頭をゆっくりと撫で、それから背中を撫でた。

眞辺はそれ以上美尋を求めてこなかった。

美尋は驚いた。ここまでして、その先に進まずに男が我慢できるとは思わなかったからだ。それに、自分がこんなふうに丁寧に扱われたこともなかった。

美尋は身体を丸めて、眞辺の腕の中に隠れるように身を寄せた。ずっと仲間だと思っていた人の手によって翻弄され、あまつさえ達してしまった。鼓動が収まらず、恥ずかしくて顔を上げることができない。

眞辺が今、何を考えているのかも気になった。すると、眞辺が美尋の前髪を撫でながら、シャワーを浴びてくるように促した。

美尋は言われるがまま、のろのろとベッドから起き上がる。立ち上がっても、身体に余韻が残っているのがわかる。美尋は脚に力を入れ、少しふらつきながら浴室に向かった。

美尋は混乱していた。眞辺とこんなことになってしまい、どうしていいのか、どう接していいのかわからなかった。なのに眞辺はいたって普段どおりに思えた。でも、眞辺がそうしてくれているおかげで、かろうじて今、自分を保っていられるような気がした。

美尋は熱いシャワーを思い切り打ちつけた。身体には、眞辺に触れられた感触がはっきり残っている。

美尋は顔をしかめた。よりによって、今週末に倉田と会うことになっている。どんな顔をして会えばいいのだろう。倉田のことが好きなはずなのに……。

しかし、眞辺とまだ完全に関係を持ったわけではない。だから、眞辺の態度も変わらないのだろうか。もしかすると、こんなことは、普通の人にとっては大騒ぎするような話ではないのかもしれないと、美尋は思った。

ぼんやりとしていると、今夜だけで水道代が高くつきそうだ。美尋はシャワーの中で髪を掻き上げると、手早く身体を洗って部屋に戻った。

「眞辺は、シャワーは？」

眞辺はベッドでうつぶせになったまま眠っていた。その寝顔は安らかだった。

美尋は眞辺に掛布団を掛けると、自分は来客用の布団を出して横になった。

翌朝、美尋が目を覚ますと、ベッドにいたはずの眞辺は美尋の隣で眠っていた。美尋は驚いたが少しも不快ではなかった。眞辺は半分背中を出したままで、美尋は慌てて自分側に寄っている布団を眞辺に掛けたが、その直後、眞辺は自分のくしゃみで目を覚ました。

「……寒かったでしょ？」

「別に……」と、眠い目をこする声は明らかに鼻声だった。

「まさか、熱はないよね？」

美尋は眞辺の額に手を置いた。

「お、朝から積極的」

鼻声の冗談を飛ばす眞辺を、「何言ってんのよ」と軽く睨んだ。

「よかった。熱はないみたい」

美尋は眞辺の額から手を離すと、朝食を作るために布団から出た。

いったん自宅に帰るのかどうか眞辺にたずねると、ここから直接出社するというので、美尋はシャワーを使うように言った。

眞辺がシャワーから戻ってくると、向かい合って朝食を取り始めた。

二人の朝は平穏だった。とはいえ、美尋の頭の中では、夕べの光景が鮮明な映像として何度も浮かんでいた。そして、映像の中に交じるリアルな感覚が、身体の中によみがえりそうになる。美尋はそのたびに、それを振り払わなければならなかった。

朝食を食べ終えると、出社の準備を整え、いつかと同じように二人で一緒にマンションを出た。並んで歩いている最中、普段と変わらない眞辺との距離が異様なほど近く感じられ、美尋はそわそわして落ち着かなかった。

「昨日と同じ服だから、橋爪のヤツ、絶対なんか言ってくるな」

眞辺の意見に、美尋も同感だった。橋爪もデザイナーなので、眞辺と同様、観察力には長《た》けている。

「でも、打ち合わせしてたって言えば、橋爪くんの場合、納得してくれるでしょ」

美尋がそう言うと、眞辺は「どうだか……」と、首を傾げた。

「最大の問題は、俺は上手くごまかせたとしても、お前が上手くできるか、だな」

眞辺は半分面白がっているのか、笑って言った。

「……できるに決まってるでしょ」

「いっそ、ホントのこと言ってやろうか。あんなことしてましたって」

「バ、バカじゃないの」

美尋は呆れて顔をそらした。自分の意志とは無関係に染まる頬を、眞辺には見られたくなかった。

「あれ？　眞辺さん、その服……」

予想どおり、二人が出社するなり橋爪が声をかけてきた。嬉しいわけではないが、美尋と眞辺は目を見合わせて笑ってしまった。

しかし、笑っている場合ではなかった。この日に限って橋爪が早く出社していたため、道中二人で考えた〝昨夜眞辺は会社に泊まった〟という言い訳は使えなくなってしまった。

その上、自分たちが一番乗りの出社だと思っていたため、なんの小細工もせず、まったく同じタイミングで事務所に入ってしまった。ドアの鍵がかかっていなかったのだから、気がつきそうなものなのに、仕事の話に夢中になっていて、何も考えずに開けてしまった。

この状況が何を物語るかは橋爪にも一目瞭然だろう。しかし、橋爪はあえて何も指摘しなかった。

「……おはようございます」

橋爪は二人に挨拶しただけで自分の席に着いてしまったので、事務所の出入り口で身構えていた美尋は拍子抜けした。眞辺にはああ言ったものの、上手くごまかせるか不安だったので内心安堵した。

前日は二人していつもより早く帰宅してしまったため、ひと息つくこともなく、すぐに仕事を開始した。だが、夕べの残像がたびたび美尋の手を止めた。

美尋には腑に落ちないことがあった。夕べ眞辺は、なぜあれ以上自分を求めてこなかったのだろう。そのことが美尋の胸に引っかかっていた。

自分が奉仕を強いられることもなく、身体を繋げることなく終わったあの行為。そんなことに耐えられる男がいるのかと、美尋には不思議でしょうがなかった。

そして、考えているうちに、美尋は不安に襲われた。眞辺がその先に進まなかったのは、自分に女としての魅力がなかったせいではないかと思い始めたのだ。

やはり、自分は眞辺にとっては〝オヤジ〟なのだろうか。それともあれは単に酔った勢いというやつで、途中で我に返ったのだろうか。

気づけば、美尋は大きなため息をついていた。

斜め向かいに目を向ければ、眞辺は平然と仕事をこなしているように見え、自分だけが悩んでいるのが馬鹿らしくなる。自分も眞辺のようにいつもどおりにしていればいいのに、それができずにいる。

美尋は再びこぼれそうになるため息を、慌ててのみ込んだ。

美尋がこんな調子だったので、金曜日中に仕上げるはずだった紅屋のラフ案は翌日の土曜日もしくは日曜日まで持ち越された。

「ごめん……。私が焼肉誘ったの、裏目に出たかも」

深夜残業の時間帯になって、美尋が自分の席から声をかけると、眞辺は「そんなの関係ねーよ」と、返事をした。

「後悔してもおせーって言っただろ。後悔してんのかよ？」

美尋は一瞬返事に詰まった。眞辺の言う後悔がどこまでを指してのことか、考えてしまったからだ。

「……ううん。してないけど」

自分の返事がいったいどういう意味でとられたのか、緊張した心持ちでモニターの隙間から眞辺の顔を盗み見ると、普段どおり平然としていた。

「第一、休日出勤なんていつものことだろ。特に予定もないし、かえって休日のほうが集中できていいかもな」

眞辺はそう言うが、美尋には明日、土曜日の夜、倉田との約束があった。それまでには終わりそうなので遅れる心配はないが、眞辺にも倉田にも後ろめたくて、落ち着かない一日になりそうだった。

「……かもね」

美尋は呟くように返事をし、キーボードを叩いた。

第五章　私の知らない色

翌日の土曜日、美尋と眞辺が出社すると、珍しいことにプロデューサーの船越の姿があった。

お昼は船越が気を利かせて弁当をご馳走してくれた。食べ終えると、美尋がコーヒーを淹れ、雑談を交わす。

「ところで、船越さんが休日に仕事なんてどうしたんですか？　ご家族、もうご実家から戻っていらっしゃってるんですよね？　大丈夫なんですか？」

美尋がたずねると、船越は椅子の背もたれに身体を預けて腕を組む。

「それはこっちのセリフだ。お前らこそ、仕事のしすぎだろ。って、俺が言えた立場じゃないけど。俺はさぁ、嫁さんの理解があるから大丈夫。できた嫁でなぁ……」

どうやら何も問題はないらしい。しばらく、船越はのろけ話をした後、真顔で言った。

「お前たちもそろそろ結婚は考えないのか？」

美尋が苦笑していると、船越の話が一気に飛躍した。

「いつも一緒にいるから慌てなくても大丈夫、なんて思ってると、お互い誰かに持っていかれるぞ。〝そのうち〟とか〝タイミングを見計らって〟とか、そういうのが一番危ないんだよ。結婚は勢い！　勢いだからな」

船越の話に美尋と眞辺は顔を見合わせた。船越は明らかに各々の結婚についてではなく、〝二人の結婚〟について話をしている。

「船越さん……私たち付き合ってませんけど」

美尋がそう伝えると、船越は「自分には隠さないでいい」と笑い飛ばした。しかし、美尋が改めて否定すると、「嘘だろ？」と大きな声を上げた。

美尋はようやく合点がいった。以前、眞辺と同じベッドで休めと言ったのも、船越が誤解していたからなのだろう。今さらながら「男同士だから大丈夫だろう」という意味で言ったわけではないことがわかって、美尋はホッとした。

「なんだよ、俺の勘違いかよ……。紛らわしいな」

船越は悔しそうに二人をふざけて睨んだ。

「しっかし、なんて言うんだろうな……お前たちみたいな関係って」

美尋と眞辺の顔を小首を傾げながら交互に見つめると、船越はにこやかに笑った。

その後、船越は十四時まで仕事をして、家族の待つ家に一足先に帰宅した。船越が帰った後、眞辺が口を開いた。

「俺たち、船越さんのこと、傷つけたんじゃね？」

「傷つけた？」

「船越さん、俺たちの仲人でもやるつもりだったんじゃねぇの？」

「……かもね」

眞辺が笑って話すので、美尋も笑った。その後、二人して黙ってしまったのは、きっとお互い木曜の夜の出来事を考えていたからに違いなかった。

二人は黙々と作業を進めた。雑念は多いものの、そこにとらわれていては本当に仕事のほうが大変なことになりそうだった。お互いがお互いの空気を感じ取るのは得意だった。

二人は無言のまま仕事に没頭していたが、しばらくして眞辺のくしゃみが沈黙を破った。

「大丈夫？」

美尋が聞くと、「なんともねぇよ」と眞辺は答えたが、明らかに鼻声だった。

昨夜、自分が布団を使ってしまったからか、と考えた美尋の脳裏に、眞辺の熱い吐息がよみがえり、思わず頭を振る。

そんなことを考えている間にも、倉田との約束の時間が徐々に迫ってきていた。時計を見ると、十七時を過ぎたところだった。

待ち合わせは十九時で、美尋のマンションの前まで倉田が迎えに来てくれることになっていた。落ち着かないのは、倉田との約束もあるが、どう眞辺に断りを入れて会社を出るか、いいアイデアが思いつかなかったからだった。

切り出すタイミングを計りかねていると、出入り口のドアが開く音がした。休日のこんな時間に誰だろうと、眞辺と顔を見合わせる。考えつくのは、船越が戻ってきたことくらいだが、そうでないことに美尋はいち早く気がついた。こちらに歩いてくる足音がハイヒールのものだったからだ。休日出勤のあり得るメンバーに、この足音と結びつく者はいなかった。

眞辺と目を合わせたまま首をひねる。とりあえず誰か確かめようと、美尋が立ち上がったのと同時に、パーテーションの向こうから声が響いた。

「お邪魔しまーす」

若い女性の声だった。

パーテーションの陰からスラリとした細身の女性が現れた。美尋より身長も手足も長く、驚くほど小顔だった。スタイルがよく、普通だったら着るのをためらわれるような、身体のラインがくっきりと出るシャツに、ミニスカートを履いている。モデルか何かだろうか。

「あの……」

美尋はおずおずと声をかけた。「どちらさまでしょうか？」とたずねなかったのは、ある予感があったからだった。

女性は美尋を見下ろして、「あなたは？」とたずね返してきた。

美尋が答えようとすると、「あ、スギウラさんでしょ？」と、女性のほうが先に言い当てた。

美尋はそれで確信した。紅屋に行った日、眞辺に電話をかけてきた女性に違いなかった。その証拠に彼女は、不機嫌そうに美尋を指さしてきた。その指先にはネイルが施され、キラキラと石が光っているのが見えた。

「あなた、ちゃんと隼人に伝えてくれたの？　全然連絡くれないから押しかけちゃった」

「はい、伝えましたけど……」と、美尋は答えながら眞辺を睨んだ。

「なんで突然来るんだよ？　ここ仕事場だぜ？」

傍観していた眞辺がやっと立ち上がった。

女性は眞辺の姿を認めると、ハイヒールを鳴らして、嬉しそうに眞辺のもとに歩み寄った。

「今言ったでしょ？　全然連絡くれないし、住所教えてくれないからここしか知らないし。それでも平日は人が多いから、遠慮してわざわざ休日に来たんじゃない。前に休日出勤が多いって言ってたの覚えてたのよ」

「だから、なんで、俺と君が会わなきゃいけないんだよ？」

「だって、好きだから！」

美尋は女性の気迫に思わず後ずさり、かかとが椅子の脚にぶつかった。

「あ、あの……私、もう帰るんで」

美尋はデスクの上を雑に片付けて、荷物を手にした。

「おい、お前が帰ることないだろ？」

「ごめん、私も……約束があるの。もともとこの時間には帰る予定だったから。戸締り、お願いね」

美尋は姿勢を低くして、今度は自分がパーテーションの陰に隠れるように二人から離れた。

「おい、杉浦！」

眞辺は叫んだが、美尋は振り返らずに会社を後にした。

外に出ると、美尋は小走りにビルから離れた。休日の雑踏の中を、わき目も振らず走っていく。

若くて綺麗な人だった。スカートから伸びた細い脚と大きなイヤリング、そして襟からのぞいてしまいそうな胸元が印象的だった。

女性は『隼人』と、社内では誰もしない呼び方で眞辺を呼んでいた。会えるという確証もなしに、休日に職場にまで押しかける行動は少し異常に思えたが、そこまでして眞辺に会いたいという気持ちの大きさは伝わってきた。

駅に近づいたところで、ようやく美尋は歩調を弱める。

今頃二人はどうしているだろうか。美尋の耳の奥に、電話越しの『今度はいつ抱いてくれるの？』という言葉がよみがえるのと同時に、休憩スペースのソファベッドが頭に浮かんだ。駅へ向かう美尋の足取りはさらに重くなった。

家に着いた美尋は、シャワーを浴びてワンピースに袖を通した。

タイトな作りのツイードのワンピースは素材がしっかりしているぶん、背中のファスナーに苦労した。引き締め効果のあるストッキングも、タイトなワンピースも窮屈だったが、優香の助言でこの服装を選んだ。

メイクを直し、髪の毛を軽くアップにすると、ちょうどいい時間になっていた。

手荷物を外出用のハンドバッグに詰め替えようとしたとき、美尋は「え？」と声を上げた。

スマホがどこにも見当たらない。もう一度、仕事用のバッグの中を隅から隅まで調べ、ポケットというポケットを探したが見つからなかった。

会社に置き忘れたとしか考えられなかった。逃げるように出てきたため、デスクに置き忘れてきたのだろう。

「最悪……」

本当に最悪の気分だった。待ち合わせ時間は迫っていて、会社に戻っているゆとりはなかった。

幸いにも、倉田はマンションの下まで迎えに来てくれる予定になっているため、会えない心配はない。今日のところはあきらめて、明日の朝にでも取りに行こう。美尋は大きなため息を一つ吐き出すと、無理矢理明るい表情を作った。

十九時五分前になり、美尋が階下に降りると、すでに倉田の車がハザードランプを灯して停まっていた。倉田は美尋を見つけるなり、車から降りて出迎えてくれた。その身のこなしは紳士的だったが、今の美尋には現実味が感じられなかった。

「お待たせしました」

「いや、全然。雰囲気が違うから驚いた。綺麗だね」

美尋は恐縮して、細かく首を横に振った。倉田が穏やかに微笑んで、「行こうか」と助手席のドアを開ける。美尋が乗り込むと、夜の街に車を走らせた。

「仕事は大丈夫だった？」

あらかじめ、今日も仕事があることは倉田に伝えてあった。気遣ってくれたその一言で、美尋の脳裏に眞辺の顔がよぎる。すぐに倉田に失礼だと思い、美尋はめいっぱいの笑顔を作って答える。

「はい。倉田さんはお仕事は？」

「俺のほうは完全に休み。今日は仕事なんて手につきそうになかったしね」

倉田は楽しそうに笑った。

車は名古屋駅へ向かっていた。倉田は慣れたように車を走らせ、料金など気にする様子もなくコインパーキングに車を駐める。

車を降りた二人は、駐車場から名古屋駅に併設されているセントラルタワーズに歩いて向かった。セントラルタワーズはレストランが充実した、いわゆる駅ビルで、この周辺では一、二を争う高層ビルだった。

倉田が美尋を連れて行ったのは、このビルの最上階の五十一階にあるレストランだった。窓際の席からは名古屋市の夜景が一望できる、人気スポットとなっている。

美尋は行き先がここだとわかると、内心胸を撫で下していた。事前に優香から、行く店によって服装を選ぶようにアドバイスされていた。けれども、待ち合わせ場所もマンション前になってしまい、行先についてはまったく想像がつかなかった。

こちらから詮索するのもよくないと思い、改めて優香に相談すると、優香は美尋から倉田のことをあれこれと聞き出し、イメージを膨らませた結果、高級レストランだと断言した。そして、考えたのが今日のフォーマル寄りの服装だった。

「本当に綺麗だね」

羽織っていたコートを入り口で脱いで預けると、身軽になった美尋の姿に、倉田が目を細めた。

「いえ、そんな……」

美尋は謙遜して首を振ったが、恥ずかしさと緊張のせいで少しめまいがした。倉田に気づかれないように呼吸を整え、エスコートされるままに、照明を落とし気味の店内を進んでいく。

取材で有名店を訪れる機会の多い美尋だったが、駅ビルに入っているような飲食店ともなると、店側が宣伝用に写真を用意しているため、実際に足を運ぶことは少なかった。プライベートでこうした店を利用することもなく、美尋は自分の知らない世界に足を踏み入れているような気分だった。

窓際の、ひときわ景色のいい席に二人は落ち着いた。店に漂う大人の雰囲気と眼下に広がる夜景に、美尋は気圧《けお》されそうになった。

「私なんかが場違いじゃないでしょうか？」

美尋が小声で言うと、倉田はその声を拾うように顔を近づけた。

「心配しないで。杉浦さんのためにあるような店だよ」

こちらが恥ずかしくなるような歯の浮くセリフも、倉田が言うと自然だった。

「こういう場所、慣れてないので緊張します」

美尋は一面のガラスに映る自分を見て、顔を伏せた。

「リラックスして楽しんで。綺麗だろ？」

倉田が窓の外を見るので、美尋も外に目をやる。

「本当に綺麗ですね……」

こんな景色は眞辺とは見たことがなかった。写真を撮って送ったら喜ぶだろうか。いや、夜景は写真に上手く撮れないだろうし、今はスマホさえも持っていない。ここで一緒に見ないと意味がない。

そんなことを自然に考えてしまっている自分に気づき、慌てて窓の外から視線を倉田に戻す。すると、倉田は窓の外には目もくれず、美尋を見つめていた。

「……考え事？」

美尋は首を振った。

「い、いえ。すみません。あんまり綺麗でぼーっとしちゃって」

「ならいいけど。まずは乾杯しよう」

倉田はソムリエを呼んでシャンパンをオーダーした。

「倉田さん、車……」

「帰りのことなんて気にしなくていいよ。今日はもともと車は置いて帰るつもりだったんだ。杉浦さんと乾杯できないなんて来た意味がないからね」

倉田は続いて料理をオーダーした。倉田は美尋に好き嫌いや肉の焼き方の好みなどについて二、三質問すると、美尋のぶんまですべて頼んでくれた。

まもなくシャンパンが先に運ばれてきて、二人は静かにグラスをぶつけた。

「美味しい……」

ここに来て初めて口にした本心だった。アルコールで喉を潤すと、わずかに緊張が解けた気がした。胸の奥でくすぶる自分でもよくわからない想いを、アルコールが鎮めてくれるのではないかと思い、美尋はグラスを続けて口に運んだ。

「こんなんじゃ、飲みすぎちゃいますね」

美尋が苦笑いをすると、倉田もグラスに口をつけた。

「飲みすぎたっていいよ。今日は時間を忘れて楽しみたい」

倉田は真っすぐに美尋を見て微笑んだ。

店内はろうそくを灯し、大人のムードを演出していた。倉田の端正な顔立ちをろうそくの揺らめきが怪しく映すので、美尋は目のやり場に困った。

順番に運ばれてくる料理も、シャンパンも、間違いなく美味しかった。だが、美尋の鼓動は終始落ち着かず、じっくりと味わうことができなかった。

緊張で乾く喉を潤すためにアルコールが進むが、まだまだ酔うほどの量は飲んでいなかった。

それにもかかわらず、美尋は身体に火照りを感じていた。ろうそくの揺らめきを瞳に映しながら美尋はその理由に気がつく。自分は今、この雰囲気に酔わされているだけなのだと。

今の美尋には、煌めくような夜景も、優雅なクラッシックも、洒落たシャンパンも、どれも素敵だがすべてが邪魔だった。これ以上、倉田の前で自分を見失いたくなかった。

眞辺は今頃どうしているだろうか。あのまま彼女があそこに居座っていれば、仕事どころではないだろうし、あそこで二人は……。

「……杉浦さん？」

倉田に呼ばれて我に返った。頭がボーっとして、いらないことばかりを考えてしまっている。

「どうかした？　もしかして、具合でも悪い？」

「すみません。そんなことありません」

「無理しなくて大丈夫だよ。会ったときから、少し顔色が優れないのかな……って思ってたから」

「すみません。本当に平気です」

美尋はもう一度謝って、シャンパンを飲んで微笑んで見せた。じつのところ、それほど食欲はなかった。でも、せっかく誘ってもらったのに残すわけにもいかず、ペースを落としてなんとか食べ進めていた。

メインディッシュが終わり、後はデザートを残すのみとなった。

「そうだ」

倉田が突然何かを思い出したように胸ポケットに手を入れた。美尋が見守る中、取り出したのは、美尋の黄色いハンカチだった。

「あっ……忘れてました」

「長いこと持ったままでごめんね」

倉田は美尋にハンカチを手渡した。

「いえ、こちらこそ、すみませんでした」

美尋は久しぶりにそのハンカチを目にして少し嬉しかった。あの朝、眞辺と食べた目玉焼きから溢れる鮮やかな黄身の色を思い出したからだ。

美尋は小さく口元を緩ませた。その笑みには、今日に限って眞辺のことばかり頭に浮かんでくる自分への苦笑いも混じっていた。

「どうかした？」

「いえ、デザートが楽しみだなと思って。甘いものには目がないんです」

美尋は今度は本当の微笑を見せた。でも、口の両端はすぐに下を向いてしまった。

間もなくしてデザートプレートが運ばれてきた。プレートには、ティラミスやマカロンや、季節のフルーツなどの色鮮やかなデザートが並び、その周りをさらに鮮やかな花びらが飾っていた。

「素敵……」

美尋はプレートに見入った。

「よかった。杉浦さんの明るい顔が見られて」

美尋が顔を上げると、倉田は安堵の笑みを浮かべた。

「今日は少し元気がなかったけれど、料理、口に合わなかったかな?」

「そんなことないです。どれも美味しくて……すみません、そんなふうに思わせてしまって……」

申し訳なくなって顔を伏せると、「いや、それならいいんだ。さ、溶けちゃうよ。早く食べよう」と、倉田は明るく言ってジェラートをスプーンですくった。

デザートを食べ終えると、二人は席を立った。

「もう少し時間いいかな?」

店から出てエレベーターを待つ間に、倉田がそう言った。美尋は迷いながらもうなずいた。伝えておかなければいけないことがあった。

けれども、エレベーターに乗って下まで降りる途中で、美尋は激しいめまいに襲われた。すぐに異変に倉田が気づき、美尋の肩を抱きかかえた。

「杉浦さん、大丈夫?」

「……すみません。少し酔ったみたいで」

美尋は倉田から離れようとしたが、倉田の手は美尋を離さなかった。

「どこかで休もうか」

倉田が周囲を見回す。駅の周辺にはホテルもたくさんあった。

「いえ……すみません。どうしたんだろう……。普段はこれくらいじゃ酔わないんですけど。今日は素敵な雰囲気に酔っちゃったのかもしれないです」

美尋は笑顔を作ったが、倉田は心配してタクシーで美尋を送ってくれることになった。

タクシーに乗っている間も、美尋の体調は悪化していった。頭痛で顔が歪み、倉田との会話も途切れ始めた。交差点でタクシーが止まり、ほとんど閉じかけていた目を開くと、タクシーのフロントガラスの中心に赤信号が光っていた。

「赤は、止まれ……」

美尋はぼんやりと呟いた。

マンションの前に到着すると、美尋はお詫びとお礼を言ってタクシーを降りた。

「部屋まで送るよ」

倉田はそう言って、一緒に降りようとしたが、美尋は彼を無理やりタクシーに戻した。

その間、美尋は終始うつむいたままだ。今日という日を仕事が手に着かないほど楽しみにしてくれ、自分を心底心配してくれる彼が、どんな表情をしているのか見ることができなかった。

美尋は最後に、深々と頭を下げてタクシーが発車するのを見送り、マンションに入った。


エントランスからエレベーターホールまでの距離がいつもよりずっと長くに感じられる。足が浮腫《むく》んでいるせいか、パンプスがきつくてヒールも辛かった。そんなことに今さら気づき、仕事場に来たあの女性のことを思い出す。

「……九センチはあったかも」

彼女が履いていたパンプスのヒールは、おそらくそれくらいの高さはあっただろう。美尋は七センチが限界だった。それ以上になるとバランスが取れずに、まっすぐに立っていることさえできない。

若い子は履けるのかな……。そんなことをぼんやりと考えた。

誰もいないマンションのエレベーターの中で、美尋は誰の目も気にすることなく、片方の足のパンプスを脱いで、片足立ちのまま足首を回した。

エレベーターを降りても足が痛くて、足元を見ながら、小幅でゆっくりと歩いた。カツカツと軽快に歩いていた彼女とは違い、テンポの定まらない靴音が廊下に響いた。

廊下の角を曲がったところで顔を上げた美尋は、息をのんで立ち止まった。

「なんで……いるの？」

美尋の部屋の前に黒い人影があった。誰かはシルエットだけですぐにわかる。美尋は目頭がじんと熱くなった。

「おせーよ。無事に会えたのか？　倉田と」

しゃがみ込んでいた眞辺がゆっくりと立ち上がった。美尋は痛む足で頼りなさげに眞辺のもとに向かった。

「なんで、知ってるの？」

「これ。あの後、会社でお前のスマホが鳴っててさ」

眞辺が、美尋が会社に忘れたスマホを差し出した。ホームボタンを押すと、暗かった画面に光が灯る。そこには倉田からの【今から向かうから】というメッセージが表示されていた。

「悪いな。見る気はなかったんだけど、画面にメッセージ出ててさ」

「ありがとう。前にもこんなことがあったね。わざわざ届けてくれなくてもよかったのに……」

はっきりと覚えている。同じように会社に忘れたスマホを届けてくれたお礼に、初めて眞辺を部屋に上げて、夕食をご馳走した日のことだ。

美尋は笑ったが、まだ頭痛が続いていて、その痛みに目をつぶった。またも襲ってきためまいに、手すりに掴まる。

「おい、お前……」

眞辺は美尋の異変に気がついたようだった。美尋の身体から体温を超えた熱が放射されていた。

慌てて眞辺が抱きかかえようとすると、美尋は「大丈夫だから」と、その手を払った。眞辺は怯《ひる》むことなく、再び美尋の肩を抱いた。

「大丈夫だってば」

美尋は再度眞辺の腕を振り払おうともがいたが、眞辺の身体は離れなかった。なぜだか美尋の目からは、涙がこぼれた。

「鍵」

眞辺が手のひらを差し出すと、美尋は少しためらいながらも大人しく鍵を渡した。

部屋に入って靴を脱ぐと、パンプスの締めつけからは解放されたはずなのに、先ほどよりも脚に力が入らなかった。眞辺は美尋を支えるようにしてベッドまで連れて行き、ベッドの上に座らせてくれた。

美尋は黙ったままコートを脱いだ。本当なら、この窮屈なワンピースもすぐに脱いでしまいたかった。着ているだけで息苦しかった。

「大丈夫か？　せっかくのデートが台無しだな」

「ホント、台無し」

美尋は呟いた。眞辺が顔をのぞき込んでくる。

「薬は？」

「……いらない」

「水は？」

「……いらない」

「何か欲しいものがあれば買ってくるけど、何かあるか？」

眞辺なら〝人肌〟と答えるところだろう。でも、それはコンビニには売ってない。

美尋は一人小さく笑った。

「何も……いらない。休みたいの。スマホ、届けてくれてありがとう」

美尋はその言葉で、眞辺に帰るように促した。

「本当に大丈夫か？」

「……うん。休めば治るから」

二人は目を合わすこともなく、短い言葉を交わした。会話の合間に漂う沈黙は、言葉にできない二人の想いの溝を埋めてはくれない。

眞辺が立ち上がる気配がした。そばにいてほしいのに、美尋は口に出せなかった。仕事場に押しかけてきた彼女のことも気になってはいたが、自分にあんなことをしたくせに、倉田とのデートの話を平然とする眞辺の心の内がわからなかったし、お酒を飲んでいない眞辺は少し怖く感じられた。

美尋は見送りもせず、ドアが閉まる音を聞いて息を吐き出した。今までこの部屋に酸素があったことさえも疑わしい。それほどまでに息が苦しかった。

美尋は鍵の確認もしないまま、ワンピースの背中のファスナーに手を回した。しかし、背中のファスナーが上手く下りない。無性に腹立だしかった。そして、その苛立ちは涙に変わり、美尋の頬を伝った。

誰かがいてくれたら、こんなファスナーなどなんともないのに。何もしてくれなくていい。この窮屈なファスナーを下ろしてくれるだけでいい。美尋の涙は止まらなかった。

やっとの思いでファスナーを下げ、汗ばむ肌に張り付くワンピースを剥ぎ取るように脱ぎ捨てた。そのままストッキングも雑に脱ごうとすると、爪に引っかかって伝線した。美尋はそれを丸めてゴミ箱に放り投げた。

ワンピースを脱ぐと身体にこもっていた熱が発散されていくようで心地よかった。

しばらく、頭の痛みが落ち着くのを待った後、美尋は下着姿のまま、眞辺が届けてくれたスマホを手に取った。

画面をタップして、履歴から優香の番号を探すと、ゆっくりと通話ボタンを押した。電話はすぐに繋がった。

「美尋？　どうだった？　会ってきたの？」

この声はいつ聞いてもホッとする。話し始めない美尋に、優香は「美尋、大丈夫？」と心配そうに呼びかける。

「うん。倉田さんに会って来た。タワーズの最上階にあるすごく素敵なお店に行ったの。窓際の席で、夜景がすごくって、料理もすごくお洒落だった」

美尋は一気にしゃべり、優香は黙って聞いていた。

「でも……何か違った。優香……何かが違ったの……」

しゃべりながら美尋はポロポロと泣き出した。優香は美尋が落ち着くまで、何も言わなかった。美尋は優香がそっとそばにいてくれているような気がした。

しばらくして、優香が安心させるように、ゆっくりと口を開いた。

「わかったんなら、よかったじゃない。行かなきゃわからなかったんだから」

「そうだけど……倉田さんに、失礼だよね……」

美尋はうなだれた。しかし、優香の声色は明るかった。

「たしかに、このままだったら失礼になるかもしれないけど、ちゃんと、美尋の口から伝えれば問題ないんじゃない？　大人だもん。相手だってそういうこともあるって、わかってるよ」

優香の言葉に、美尋は少し救われた気がした。

「それより、デザイナーさんのことのほうが問題でしょ？　美尋はさ、今までそのデザイナーさんとの関係が居心地よすぎたから、それを壊すのを怖がってたんだよ。新しい関係を築くのは面倒だし、大変だもん。でも、新しく始めるんだったら、今まで見せたことのない美尋をちゃんと見せないとね」

「今まで見せたことのない……私？」

「そう、カッコ悪い美尋」

優香はクスッと笑った。

「甘えたっていいし、わがまま言ったっていいし、嫉妬してもいい。だらしのないところを見せたっていい。泣いたって、怒ったっていいじゃない」

優香はたっぷりと間を溜めて、美尋の頭を撫でるように言った。

「美尋の弱いところ、その人にならみせられるんじゃないの？　それが〝仕事仲間〟との違いでしょ？」

美尋は喉が詰まって言葉が出てこなかった。口を開けば、涙腺の蓋《ふた》まで再び開いてしまいそうだった。

「ねぇ、美尋」

優香が再び話し始めた。

「私も始めたよ？」

「何を？」と聞き返したかったが、嗚咽《おえつ》で声にできなかった。

「自分を取り戻すために、きちんと彼に伝えて、式場もキャンセルした。彼のご両親なんて、話の途中で帰っちゃうし、式場の関係者には哀れんだ目で見られちゃってるし、もう散々」

優香はそう言いながらも、笑いの滲む声色は明るかった。

「まだまだやることはたくさんあるし、お詫びしなきゃいけない人もまだたくさんいて、これから嫌な思いもたくさんするだろうけど、自分で決めたことだから後悔してないよ。ちゃんと終わるまで頑張る。終わったら、お祝いしてくれるんだよね？」

「うん……」

やっと声が出た。それを聞いて、電話の奥で優香が微笑んだ気がした。

「美尋も頑張って。自分で決めたことなら、一時は辛い思いしても、絶対に心が晴れるから。ちゃんと決断できた自分を褒めたくなるから。今度会うときは、二人で楽しいお祝いにしようね」

美尋は大きくうなずいた。

優香との電話を終えると、美尋はそのまま別の番号を表示させた。

緊張で手が震える。一度治まったはずの頭の痛みがぶり返しそうになる。美尋は思い切り深呼吸をして、自分の手を強く握りしめた。

「はい、倉田です。調子はどう？　落ち着いた？」

心地よい声が耳に響く。倉田は電話に出るなり、美尋が名乗る前に体調を気づかってくれた。どれほど心配してくれていたのか身に染みた。

「ご心配おかけして申し訳ありませんでした」

電話の向こうからホッとするように息を吐く音が聞こえた。胸が痛かった。美尋は唇を噛みしめたまま、しばらく言葉を口にできなかった。

「今日はやっぱり、無理させちゃったみたいだね」

倉田の声は優しく、そして切なかった。

「……はい。すみません。私、少し無理をしていたみたいです」

「ごめんね。気づいてあげられなくて」

美尋は見えもしないのに首を大きく横に振った。

「こちらこそ……気づけなくてすみません」

自分の気持ちから目を背けていて、傷つけなくていい人を傷つけることになる。

「……気づいたんだ？」

美尋は深呼吸を一つした。

「はい……」

「そっかぁ……」と、倉田は彼らしからぬ声を上げた。

「やっぱり、二人の間に割り入るのは難しかったか」

倉田は初めから、二人のことをわかっていたかのように言った。

「周りから見たら、杉浦さんの気持ちは一目瞭然なんだけどね」

「えっ⁉」

美尋は驚きを隠せなかった。しかし、倉田はそれも予想どおりの反応だと思ったのか、笑って続けた。

「眞辺くんは本当に優しい人だと思うよ。君を想う気持ちはとても大きいんだろうけど、彼はたぶん君が気づくのをずっと待ってた。僕みたいのが現れようと、君を想う気持ちが大きくなりすぎて辛くなろうとも、ずっと君を待ってたんだ」

美尋は嗚咽がもれないように、口元をきつく押さえた。

「また来週、二人の笑顔を見られるのを楽しみにしてるよ」

倉田は最後まで男らしくあり続け、明るい声で電話を切った。

美尋はしばらく呆然としていたが、意を決して立ち上がった。クローゼットを開いてジーンズとニットを取り出し、急いで身に着ける。靴下を履き、床に丸まっていたコートを羽織ると、荷物をかき集めてスニーカーを履き、飛び出すように部屋を出た。

電話なんてしなくても、美尋には眞辺のいる場所がわかっていた。

駅までの道のりもわずかな電車の待ち時間も、何もかもが途方もなく長く感じられた。伏見駅からビルまで走ってきた美尋は、肩で息を整えながらエレベーターの到着を待つ。

眞辺に会って、何をどう言えばいいのか、わからなかった。それでも、今すぐ会いたかった。

六階に上がり、事務所のドアを開くと、思ったとおり鍵はかかってなく、パーテーションの奥に明かりがついていた。

ホッとしたの束の間、そこから二人の声がすることに気づき、美尋は身体を強張らせた。

「……今日は一人ですか？　いつも一緒なのに」

どうやら片方の声は橋爪のもののようだった。

パーテーションの陰からのぞくと、橋爪は自分の席に座り、向かいの席に目をやっていた。それは美尋の席だ。モニターに電源も入っていない、真っ暗な席だった。

「アイツもいろいろ予定があるんだろ」

眞辺が素っ気なく答えると、橋爪が食い下がる。

「眞辺さんも知らない予定ですか？」

「俺がアイツの予定を全部知ってるとでも思ってんのかよ？　付き合ってるわけでもねぇのに」

「まあ、たしかに。で、いつからお二人は付き合うんですか？　それとももう、誰かに取られちゃったとか？」

「お前、何しに来たんだよ？　お前の相手してる暇ねぇんだけど」

眞辺はイライラし始めたのか、タッチペンをトントンとデスクに打ちつけた。橋爪はそんなことはお構いなしに、「はーあ」とわざとらしいため息をついた。

美尋はいつも人懐《ひとなつ》っこい橋爪のこんな態度は初めて見たので、少なからずショックを受けていた。

「なんかつまらないですね」

橋爪はデスクに頬杖をついた。

「杉浦さんは、眞辺さんとなんかあるんだと思ってたんですよねぇ」

美尋は橋爪が何を言おうとしているのかわからなかった。それは眞辺も同様らしく、彼の次の言葉を待っている。その空気を察した橋爪が、眞辺を見やる。

「僕、眞辺さんがライバルだから、杉浦さんに興味があったんですよ」

眞辺の眉間がひくりと動いた。

「眞辺さんにはデザインでは、何やってもかなわないし、せめて先に杉浦さんとどうにかなって、出し抜いてやろうって思って」

悪びれる様子もなく淡々と話す橋爪に、眞辺は頭を抱えている。

「お前さぁ……バカだろ」

眞辺は心底呆れたように言った。

「たしかにバカかもしれないですけど、眞辺さんよりマシだと思いますけど？」

眞辺が睨むも、橋爪はそれもお構いなしだ。

「想い続けるだけで何になるんです？　それじゃあ今のままですよ？　キスして友達以上になって、セックスして男と女になればいいじゃないですか。何が難しいんですか？　眞辺さんがプライベートとなると、こんなにも意気地がないとは思いませんでしたよ」

その言葉に、美尋の鼓動が大きく跳ねた。わざと足音を立てて、二人のそばに歩いていく。

突然聞こえた足音に、怪訝そうな顔で振り向いた眞辺と橋爪の目が大きく見開かれる。

「橋爪くん……眞辺は意気地なしなんかじゃないよ」

そう言って、美尋が見据えると、橋爪は目を泳がせた。

「お前、大丈夫なのかよ？」

眞辺が立ち上がった。美尋は小さく微笑んでうなずく。

「橋爪くん。眞辺はずっと私のことを待っててくれたの。私が自分の気持ちに気づくのを……」

すると、橋爪は納得のいかない様子で口を尖らせる。

「眞辺さんが気持ちを伝えれば、杉浦さんだってもっと早く気づけたんじゃないんですか？」

美尋は頭を左右に振った。

「眞辺に先に言われてたら、私……ずっと自分の気持ち、わからないままだったかもしれない。眞辺とは仕事仲間であれば、楽で心地いい〝いい関係〟は続けられたから。逆に眞辺の気持ちを『冗談でしょ？』って、笑い飛ばしてたかもしれない。そのいいた。


「関係を……壊したくなくて」

　そう言うと、美尋は目を閉じて大きく深呼吸をし、眞辺に向き直った。

「眞辺……ずっと、ごめん」

　美尋と眞辺が見つめ合ったまま、沈黙が流れる。居づらくなったのか、橋爪が呟いた。

「……大人の恋愛って、まどろっこしいんですね」

　二人の視線が向けられると、橋爪は口角を上げて椅子の背もたれに反り返った。

「そういうこと。お子さまにはわかんねぇんだよ」

　ようやく眞辺は笑顔を見せ、思い出したように聞いた。

「ところで、橋爪。お前、ホントに何しに来たんだよ？」

　すると、橋爪はバッグからＵＳＢメモリーを取り出した。

「紅屋の件、僕も考えてみたんで、眞辺さんに見てもらおうかと。前回、ボロボロに指摘されたんで、まあ……リベンジです。ラフ案の提出、もうすぐだし、少しでも役に立てればと思って」

　眞辺は橋爪からデータを受け取ると、ギュッと握りしめた。

「サンキューな。ちゃんと見ておくよ」

「お願いします」

橋爪は眞辺に言うと席を立った。

「んじゃ、邪魔者は帰ります」

二人の前から潔く帰ろうとする橋爪の背中に、美尋はお礼を言った。すると、橋爪はにんまりと笑って振り返った。

「じれったい先輩二人を見るのは、今日が最後ですね」

「バーカ。生意気言ってんなよ」

橋爪が残したいたずらっ子のような笑顔を、眞辺も笑顔で見送った。

「なんなんだろうな、アイツ……」

橋爪が姿を消すと、眞辺がため息交じりに笑った。

「眞辺のことが好きで好きでしょうがない、って感じだよね」

美尋が言うと、眞辺は「はぁ？」と、大きな声を出した。美尋は口元に笑みを作る。

「前に眞辺、橋爪くんが私のこと好きだって言ったじゃない？　あのとき、私、まったくそんな気がしなかった。橋爪くんが好きなのは、私じゃなくて眞辺だと思ってたから。彼、眞辺のことを尊敬してて、憧れてて……本当に大好きって感じじゃない。気づかなかったの？」

美尋の言うとおりであることを認めざるを得ない眞辺は、バツが悪そうに、口をへの字に結んだままでいる。

「……お前に言われたくねーよ」と、眞辺は悔し紛れにそう言うと、ぼんやりとモニターを見つめた。

二人の中に、いくつもの感情がうごめいていた。再び長い沈黙が訪れる。

「そうだよね……。どうして気づかなかったんだろう……」

美尋はゆっくりと歩き出し、眞辺の隣に移動した。

「そばに居すぎて気づかないなんて……そんなの言い訳。一緒に仕事して、いつもそばに居られる存在だから、私は面倒な気持ちから逃げてたんだと思う」

眞辺は相変わらずモニターに顔を向け、手はペンタブを握ったまま、動きを止めていた。

「でも、私……ちゃんと気づけたよ」

眞辺がゆっくりとモニターから美尋に視線を移す。目が合った美尋の目から、涙がこぼれ落ちた。

眞辺はとっさに立ち上がる。手からペンが転がり落ちた。眞辺は美尋の涙を拭い、美尋は自分の頬を包む眞辺の手をぎゅっと握りしめた。

「眞辺が……好き……」

美尋は噛みしめるように、もう一度同じ言葉を繰り返した。

「鈍感」

「私……眞辺が好き……」

「……夢じゃねぇよな？」

眞辺は現実であるのを確かめるように、美尋の頬を何度も撫でた。

「私もわかんない」

美尋は苦笑いした。

「バーカ、そういうときは『夢じゃないよ』って、キスするんだろ？」

眞辺が美尋の唇を指先で撫でる。

「夢じゃなかったらいいな……」

熱くなった目頭から涙が溢れ出し、頬を伝った。

眞辺は唇を撫でていた指で涙を拭い、「夢じゃないだろ……」と、静かに唇を重ねた。二人はお互いの感触を確かめ合うとゆっくりと唇を開き、舌を絡ませた。お互いを引き寄せ合うように、舌は徐々に激しく絡み合い、美尋は少し息が上がった。

「さっきの橋爪の話、聞いてたか？〝キスして友達以上〟……これはクリアだな」

眞辺がそう言うと、美尋は涙目のまま笑った。

「後は……」

眞辺は美尋の手を握り、休憩スペースに移動した。手を引かれるままに美尋もついていったが、ソファを目の前にして緩く首を振る。

「ここじゃ……ダメだよ……」

先にソファに座った眞辺に腕を引かれて、隣に座らされる。

「なんで？」

「なんでって……誰か来るかもしれないじゃない」

「俺たち以外に、休日のこんな時間から誰が来るんだよ？」

普通に考えればそれはあり得なかった。しかし、美尋は気が進まなかった。

しばらく口を開くことをためらったが、美尋は眞辺の胸の中に顔を隠すように寄り添った。

「誰にも……邪魔されたくないから……」

その甘いセリフに、眞辺は言葉を失う。美尋は自分で言ったセリフが恥ずかしくて、わざと顔を背けて、ソファの表面を撫でた。

「ねぇ、なんでこれがベッドになること私に黙ってたの？　独り占めするためって言ってたけど」

「……ベッドに寝てるお前を平然と見下ろせるほど、俺は我慢強くねぇの」

「そんなことで……」

「そんなこと？　お前なぁ……目の前に焼肉とビールがあって、それを耐えるより百倍は辛いんだぜ？」

焼肉とビールの百倍、と頭の中で呟いて、美尋は小首を傾げた。

「ごめん。辛すぎて……想像できない」

眞辺は小さくため息をつき、美尋の顔を引き寄せた。

「とにかく……喉から手が出るほど欲しかった」

再び重なる唇は、その先を欲しがっていた。眞辺のキスに、美尋は全身が沸騰し始めるのを感じた。

「眞辺、やっぱり……」

美尋の手のひらが、か弱く眞辺の胸を押す。

「誰にも邪魔なんてさせねーよ」

眞辺が美尋を押し倒し、そのままソファの背もたれを倒してベッドにした。そして、そばに置きっぱなしになっていた美尋のひざ掛けを広げて、その上に美尋を乗せた。

「みんなに怒られるよ」

「これ敷いときゃ、大丈夫だろ。それに、案外みんな簡単に許してくれるんじゃねぇの？」

「どうして？」

「船越さんも言ってただろ？　お前たちみたいな関係って、なんて言うんだ、って」

たしかに昼間、船越がそう言っていたことを美尋も覚えていた。

「俺たちの関係がはっきりしなくて困ってるのは、俺たちだけじゃねぇってこと」

「……たしかに。みんなに心配かけちゃってるのかな」

「そういうこと。大目に見てくれるだろ。みんな、俺たちがこうなることを望んでくれてるんだから」

「だといいけど……」

美尋が不安げに眉根を寄せると、眞辺が熱っぽい視線で、その瞳を見つめる。

「でも、一番望んでるのは……」

「……私たちね」

二人で重ね合う唇から、熱い吐息がもれ出した。

「熱い……。お前……やっぱ、熱？」

眞辺は唇を離し、美尋のおでこに手を当てた。

「まだ少し熱いけど……」

眞辺が手のひらで美尋の熱を感じ取ると、美尋は自分のおでこから眞辺の手を引き離し、その手を握った。

「知恵熱……っていうの？　ワンピース着たり、レストランに行ったり、慣れないことしすぎたのかも」

美尋は笑った。

「レストランかよ。この裏切者」

「ごめん。許して」

「許さねー」

「何よ。ちゃんとここに来たでしょ？　許してよ」

「可愛くねぇな。こういう場合、今度こそ『許して』でキスだろ」

すると、美尋が急に顔を背けて黙ってしまった。「おい」と、眞辺が美尋の顔をのぞき込むと、本当に熱があるかのように真っ赤だった。

「緊張、してるの。慣れないことしたら……また、熱が上がるかも」

美尋が恥じらうその言葉にも、熱い息がまとわりつく。美尋が隠そうとする顔を、眞辺は前髪を払って自分に向けた。

「そしたら俺が看病してやるよ」

眞辺がキスをすると、美尋は眞辺の首にゆっくりと腕を回した。

「あの日から……眞辺のことが頭から離れなかった」

「……俺も。頭がおかしくなりそうだった……」

二人の視線が真っすぐにぶつかった。

「眞辺と……したい」

美尋の言葉が最後まで言い終わるか終わらないうちに、眞辺は勢いよく美尋の唇を塞いだ。

お互いの舌を絡めながら、眞辺の手のひらが美尋の身体に伸びてくる。眞辺は美尋のジーンズを脱がせると、露わになった太ももをゆるゆると撫でた。眞辺の手のひらが美尋の肌に怪しい熱を置いていく。その熱は、美尋の身体を全身をじわじわと侵食していった。

眞辺の手は美尋の反応を感じ取りながら、弱い部分に近づいていく。

ニットの中に手を潜らせ、美尋の胸の先端を摘まんで刺激する。美尋は我慢できずに声を上げた。そして、その長くて太い指は美尋の下腹部に忍んでいって、茂みの奥にゆっくりと侵入した。

「熱い……」

眞辺が耳元で囁く。美尋はその声にさえ感じていた。

「……眞辺」

眞辺の指が音を立てて、美尋の最も弱い部分を怪しく弾く。いつも美尋が苦痛に耐えていた行為だった。

気持ちがいいなんて感じたことがなかった。ただ相手に合わせ、相手が満足するまで必死に耐えて、事が終わるまで歯を食いしばっていた。なんとか感じているふりをして声を上げるが、そうすることで、自分自身にも冷めていた。

だけど今、美尋はそんなことを考えるゆとりもないほど、眞辺のすべてに翻弄されていた。徐々に奥まで入ってくる眞辺の指先は、美尋のすべてを知り尽くしているかのように、美尋の感じるすべてに触れた。部屋に響く卑猥《ひわい》な音に恥じらいながらも、美尋は我慢できなくなっていった。

二人から理性が飛び、欲情と本能がほとばしる。

眞辺はそれまで以上に激しく愛撫《あいぶ》し、美尋も感じるままに声を上げた。お互いの名を呼び合い、キスをせがみ合う。いつの間にか美尋の熱は眞辺の熱となり、二人の間で溶け合っていく。

眞辺はポケットからスキンを取り出すと、熱く猛《たけ》る自身にまとわせた。そして、美尋の身体に自分の存在を刻み込むように、激しく腰を打ちつけた。美尋の身体はそれに応えるように眞辺にしがみつく。眞辺の形に合わせ、自分が眞辺だけのものになっていくのを感じていた。

眞辺の動きに美尋は身体を震わせると、小さな叫び声とともに果てた。その瞬間、眞辺も思いの丈を吐き出した。

「大丈夫だったか？」

眞辺は美尋の髪を撫で、そのまま指先を肩に滑らせた。

「……うん。大丈夫」

行為が終わったというのに、まだ眞辺の指先に身体が反応してしまう。それを知れまいと、美尋は隠れるように眞辺の胸に顔を埋めた。眞辺の鼓動が耳に優しく響いた。

眞辺とのセックスは経験してきたものとはまったく違うものだった。今まで苦痛にしか感じなかった長い時間は快感によってすべて満たされ、美尋に別世界の感覚を与えた。

「眞辺……私……知らなかった……」

眞辺は「何を」とは問わず、自分に身体を寄せる美尋を、さらに強く自分に引き寄せた。

「これで……男と女になったたな」

眞辺は美尋のおでこに口づけした。

「……後輩のアドバイスどおり」と美尋が言うと、二人で噴き出した。

「ダメな先輩たちだね」

「だな。仕事きっちりしとかねぇと、完全に舐められるな」

「ホントだね」

二人でそんな会話を交わしているうちに、ふと現実を思い出す。

「こんなことしてたら、私たち明日も仕事だね」

見たくない現実でも、実際にあるのだから目をそらすわけにはいかない。きっと、眞辺も同じ想いだったのだろう。大きなため息を吐き出した。

「ヤベェ。ここが仕事場だってことすら忘れるところだった」

「ホントだね。少し仕事やろっか」

美尋も仕方なく小さなため息をこぼして、ベッドから身体を起こそうとすると、眞辺が子供のように引き留めた。

「頑張るから最後に……」

そのまま唇が重なった。唇が離れると、美尋は微笑んだ。

「眞辺……可愛い」

「今頃気づいたのかよ」

眞辺は照れながら、美尋のおでこを小突くと、ベッドから抜け出した。

「なんとか形になりそうだよね」

美尋は眞辺の席でモニターをのぞきながら、デスクにマグカップを置いた。安物のドリップコーヒーでも、深夜に揺れる香りは格別だった。

「橋爪が持ってきたデザイン、使えるかもしんねぇ。ちょっとアレンジ入れてみるか」

眞辺はそう言いながら手元を動かし始めた。

「橋爪くん、喜ぶね」

美尋は眞辺の横顔を見上げる。

眞辺は集中しているのか返事をしなかったが、美尋には眞辺がどんな気持ちか手に取るようにわかった。橋爪のデザインには、眞辺への憧れが詰まっている。それを眞辺が感じていないはずがなかった。

「上手くいくといいね」

美尋が言うと、「上手くいかせるに決まってんだろ?」と、眞辺がモニターを見たまま言った。眞辺に言われると、美尋も必ず上手くいくような気がするのだ。これは今回に限ったことではなく、毎度のことだった。

「ねぇ……今回、上手くいったら、今度は一緒に……実家に行ってくれる?」

今度は眞辺の手が止まり、モニターに向けていた視線を美尋に向けた。

「あっ、ちが、違うよ。変な意味じゃなくて、しばらく帰ってないし……」

美尋はそこで深呼吸をした。

「私の仕事を知ってもらう、いい機会かなって思って」

眞辺の目尻がぐっと下がり、穏やかな笑顔を見せた。美尋は照れながらもその笑顔を見て、どこかホッとしていた。

「今度こそ、紅屋で手土産買って持って行こうな」

眞辺は「そのときは、きっとパッケージも新しいな」と付け加えて笑った。

美尋は嚙みしめるように大きくうなずいた。

「そうだね。紅屋の新しいパッケージ、自慢したい。こんな素敵な仕事やらせてもらってて、毎日充実してて、私はちゃんと幸せだって、伝えてみる」

「いいんじゃねーの」と、眞辺は微笑んだ後、何かを思い出したようにハッとした顔をして、美尋を見つめた。

「てかさ……俺の紹介は？」

美尋は眞辺の真剣な表情を見て、思わず噴き出した。

「もちろん紹介するよ。私が幸せなのは……眞辺がいてくれるからなんだし」

美尋は自分の発言に恥ずかしくなってうつむいた。まじまじと眞辺が見下ろしているのを肌で感じる。

「お前、さっきのでホントに女になっちまったな」

「え？」

「可愛すぎ」

しみじみと言う眞辺に、瞬時に頰が熱を持つ。

「や、やめてよ。可愛いなんて言われるの恥ずかしいから」

「バーカ。なんて言おうと俺は言う。お前も俺の前ではカッコよくなくていいの」

「眞辺……」

「実家。一緒に行くの楽しみにしてるからな。それにはまずこれを……」

眞辺の視線がモニターに戻る。美尋は眞辺の横顔を見つめながら、胸の奥が締めつけられた。

「こんな時間だっていうのに奇跡的に頭も目も冴えてる。今頑張って、明日の……いや、もう今日か。今日の夕飯くらいは、美尋のとこで食いてぇな」

眞辺がペンタブをくるくると指先で回した。

しかし、美尋からは返事がない。不思議に思った眞辺が視線を向けると、なぜか美尋は手のひらで顔を覆っていた。

「……えっ、ダメ?」

眞辺が言うと、美尋は首を横に振った。

「じゃあ、なんだよ?」

「だって今……〝美尋〟って呼んだし」

美尋は口にしながら再び顔の熱を上げた。それを見て眞辺は慌ててモニターに顔を戻す。心なしか眞辺の顔も赤く見える。

「お前さ、いちいち俺を煽るのやめろよな。まだ若いんだし、普通に二回戦とかいけるんだからな」

「ごめん……」

美尋は顔を手のひらで仰ぎながら自分の席に戻った。


週明け、完成したラフ案を社内で検討し、細部をブラッシュアップしたところで、いよいよ四葉エージェンシーにお披露目する日を迎えた。ここでOKをもらえれば、紅屋にぶつけることになり、商品化に向けて一気に加速することになる。

出発の時間を迎え、エレベーターに乗り込んだところで、船越が内ポケットを探りながら、「悪い。名刺を忘れた。下で待っててくれ」といって自分のデスクに戻っていった。クライアントに最初にデザイン案を披露するときには、いかなる案件でも緊張と期待がつきものだ。特に責任者の立場ともなると、なおさらなのだろう。

「船越さんも緊張してるのかな」

美尋が独り言のように言うと、エレベーターが動き出した。眞辺は「さぁな」と素っ気なく答えた後、美尋にたずね返した。

「お前は？　緊張してんのか？」

「そ、それは……緊張するよ。いつも」

美尋が返事をすると、眞辺は「そうじゃなくて……」と、横にいた美尋の顔を自分に向けさせた。

「そうじゃなくて、倉田のこと」

美尋は一度、目を伏せたが、すぐに眞辺に戻した。

「緊張するけど、大丈夫。ちゃんと、クライアントとして会えるから」

その迷いのない返事に、眞辺は一瞬目を見開いた後、安堵したように微笑んだ。そして間髪入れずに茶化してきた。

「さすが杉浦さん」

「からかわないでよ。ホントにすごく緊張してるんだから」

美尋がそう言って唇をとがらせると、眞辺が自分の方に引き寄せた。

「俺がついてるだろ?」

そして、美尋のおでこにキスをした。その感触を確かめながら、美尋は目を閉じて深呼吸を一つした。

「これで頑張れる」

美尋が笑顔を向けたところで、エレベーターは一階に到着した。まもなく、船越が降りてきて、三人は揃って四葉エージェンシーに向かった。

三人が通されたのは、初回の打ち合わせのときと同じ会議室だった。

今日初めて四葉のビルを訪れた船越が、「杉浦、さすが四葉って感じだよな？」と会議室を見渡しながら言う。しかし、美尋が返事をしないので船越は美尋の顔をのぞき込んだ。

「なんだよ？　いつになく緊張してるじゃないか」

船越が言うとおり、美尋は土壇場になってパニックに陥りそうになっていた。眞辺にはああ言ったが、どんな顔で倉田と会えばいいのかわからなくなってしまったのだ。

「いえ、大丈――」と、言いかけた美尋の手を、眞辺がテーブルの下で握りしめた。その温もりに、スーッと心が落ち着きを取り戻していく。

「すみません。大丈夫です」

美尋が返事をしたところでドアがノックされた。ドアが開く瞬間、美尋は眞辺の手を握り返し、二人一緒に立ち上がった。

「今日はお忙しいところありがとうございます」

姿を現した倉田は、初めて会ったあのときと変わらない笑顔で挨拶をした。彼は初対面の船越と名刺交換を済ませると、美尋を見つめ、小さく微笑んだ。その微笑みが美尋を安心させるためのものだということは、美尋にも眞辺にもすぐにわかった。

「では、早速拝見しましょうか。楽しみにしてたんですよ」

倉田の明るい声に、室内の空気が一気に活気づいた。

眞辺と美尋は今日のために準備してきた資料を倉田の前に広げ、プレゼンを始めた。

今日のしゃべり手はデザイナーの眞辺がメインだ。前回美尋が冷や冷やした態度とは打って変わって、眞辺は丁寧に説明を進めた。美尋にとってもそうであるように、今は眞辺にとっても倉田は大切なクライアントだった。

「……驚きました」

すべての説明が終わると、資料を手にしたまま倉田は呟くように言った。

「少ない情報だったにもかかわらず、それぞれの製品を引き立たせる素晴らしいパッケージになりましたね」

倉田の満足げな態度に三人は安堵した。

「今までのデザインとはまったく違うけれど、紅屋の気品もそのままだ。期待どおり……というか、期待以上です。さすが眞辺さん。……と、杉浦さんのコンビですね」

倉田は二人をゆっくりと交互に見た。

「ありがとうございます。本当にうちの名コンビですよ」

二人の代わりに船越が返事をすると、倉田は穏やかに微笑んだ。

「今回のコンセプトはなぜ〝思いやり〟にしたんですか？」

倉田はデザイン画を手にして言った。美尋と眞辺は顔を合わせてうなずき合った。

美尋は倉田に柔らかく微笑む。

「今回の〝思いやり〟というコンセプトは、実際に二人で紅屋に出向いたときにお会いしたお客さまの話からヒントを得ました。紅屋の商品を選ぶことは、そこに思いやりがあるからだって」

美尋はあのときの客と、その会話を思い出していた。倉田は彼女の表情の変化と、それを見守る眞辺の表情にも気がついたようだった。

「……たしかに伝わってきますね。このデザインにはお二人の……みなさんの愛が詰まっているんですね」

倉田が美尋を見つめた。美尋は目をそらさず、ゆっくりと「はい」と返事をした。

その帰り道、四葉側の上々な反応を目の当たりにした船越は、終始上機嫌だった。

「さすが名コンビだな。今日は早く帰ってディナーデートにでも出かけたらどうだ？」

船越の冗談に、二人は顔を見合わせた。あれから船越には、まだ二人の関係を伝えていなかった。

「じゃあ、お言葉に甘えて、そうさせてもらっていいですか？　なかなかデートの時間が取れないんで」

眞辺がそう言うと、船越が目を見開いた。

「お前たち、まさか……」

「長いことお待たせしてすみませんでした。やっと、そういう関係になりました」

眞辺が言うと、美尋がその横で小さく頭を下げた。船越の顔がくしゃりと崩れ、豪快な笑い声がオフィス街に響いた。


二人の関係はこの日を境に周囲の知るところとなった。

眞辺が言っていたとおり、みんなは待ち望んでいたかのように喜んでくれた。しかし、二人の仕事場での日常は変わらない。

「眞辺、準備できた？」

「もうとっくにできてるっつうの。お前待ちだろ」

「私のほうが早かったわよ」

今日は二人で紅屋に出かけることになっていた。

四葉エージェンシーから紅屋に、美尋たちが手がけたデザイン案を確認したところ、オーナー自ら「デザイナーと直接詳細を打ち合わせたい」と申し出があったらしい。

そのため急遽、オーナーへの直接ヒアリングが実現することになったのだ。

「ケンカしてないで早く行ったらどうです？」

二人の間で一人冷静なのは橋爪だ。橋爪は美尋と眞辺を交互に見ながらため息をついた。

「悪いな、橋爪。ケンカじゃなくてイチャついてんの」

眞辺は橋爪に軽くウィンクした。すると、美尋が隣から叫ぶ。

「イチャついてなんかないわよ。バカなこと言わないで」

「うわ、もしかして、橋爪に嫉妬？　ウィンク欲しい？」

「してないし、いらないし」

二人のやり取りを聞きながら、橋爪は再び深いため息をついた。

「仲がいいのはわかりましたから、早く行かないとホントに遅れますよ？」

橋爪の忠告に二人は同時に腕時計を確認し、次の瞬間には顔を見合わせた。

「眞辺のせいで遅刻するじゃないのよ⁉」

「だから俺のほうが早く準備できてたっつうの！」

二人は事務所をドアを開けるまで言い合いをして、最後に「行ってきます！」と声を揃えて事務所を出た。背中に橋爪のため息が、もう一度聞こえた。

「紅屋のオーナー、どんな人かな？」

エレベーターに乗り込んでから美尋がはしゃいで言うが、眞辺はいつものように「さぁな」と短い返事をしただけだった。

「何よ。楽しみじゃないの？」と美尋が問いかけると、眞辺はクールに笑う。

「一癖も二癖もあるオヤジだと思ってたけど、さすがに老舗のオーナー。見る目はあるんだな。俺のデザインを気に入るとは」

自信家の眞辺ならではの発言に、美尋は「はい、はい」と、軽くあしらった。

「でも……」と、美尋は思い直して口を開く。

「今回はデザインの評価に加えて、オーナーが眞辺の色遣いを気に入ってくれたみたいじゃない」

これは倉田からの情報だった。紅屋のオーナーはデザインはもちろん、独特の色彩に感銘を受けたらしいのだ。眞辺はその名のとおり天狗《てんぐ》になったつもりで顎を突き上げ、鼻を天井に向けた。

「でも……それには、納得しちゃうんだよね」

美尋は眞辺の得意げな顔を直視しないように、眞辺より前に立ってエレベーターの階数表示を見上げた。

「私も眞辺のデザインの魅力は色遣いだと思ってるから。ほかのデザイナーにはないセンスなんだよね」

美尋は眞辺に背中を向けたまま言った。

「だから、私はそのことを含めて、眞辺のデザインをいろんな人に知ってもらいたいの」

　エレベーターが一階に到着し、振り向きざまに話す美尋は、デザインマネージャーの顔をしていた。

「お前、営業まで始めるつもりかよ？」

　いつの間にか真顔になっていた眞辺が呆れたように言う。それに美尋は笑顔で答えた。

「なんでもやるわよ。もっとたくさんの人に眞辺のデザインを知ってもらうためならね」

　美尋の屈託のない笑顔が返ってきたので、眞辺は面食らったようだ。

「お前のそのやる気って、どこから来るんだよ？」

　ビルを出て駐車場への道を歩きながら、二人の間に初めて沈黙が生まれた。美尋は首のあたりが熱を持つのを感じた。

「好きなことやってるときは、誰だってこんな感じでしょ？」

「好きなことか……」

　眞辺の意味深な視線から逃れようとしたが、無駄だった。意を決して美尋は言う。

「眞辺のデザインが好きなだけ。眞辺が作る色がすごく好きなの」

「そんなに『好き』『好き』言われると、仕事中ってこと忘れるんだけど？」

眞辺が顔を突き出すので、美尋は慌てた。

「ま、眞辺こそ……どうしたらそんなデザインが思いつくの？　デザインするとき、何考えてるの？」

「俺の企業秘密を聞いちゃうわけだ？」

眞辺はニヤリと笑った。美尋は企業秘密があったとは知らずに、不思議そうに眞辺を見る。眞辺は美尋の驚いた顔を見て、満足げに笑った。

「……お前のことを考えてる」

眞辺は美尋の反応を楽しむかのように、美尋から目を離さない。

「お前がそういう顔して驚くんじゃないかとか、喜ぶんじゃないかとか、ってそんなことばっかり考えてる」

眞辺は言葉の途中で照れ笑いなのか、口角の片方を上げて笑った。

「私⁉　クライアントのことじゃないの？」

美尋は半信半疑で聞き返した。

「もちろん、それも考えてるけど、やっぱり、お前。だってさ、クライアントのこと、一番に考えてるのってお前だろ？　お前の反応がいいと、それがそのまんまクライアントからの反応のような気がして。実際、それで成功してるし」

眞辺が白い歯を見せて笑う。美尋の顔がたちまち赤く染まった。うつむいた顔をゆっくり上げると、眞辺が至近距離で美尋の視線を待っていた。

美尋はたじろいで目をそらした。次の瞬間、思わず声を上げた。

「あっ！」

目を見開いて、美尋が子供のように目を輝かせる。

「眞辺、見て！　虹!!」

美尋が眞辺の肩越しに指さした空には、綺麗なアーチを描いた大きな虹がかかっていた。

「きれーい！」

美尋はいつものようにスマホを取り出して、鮮やかな虹を撮影した。

「撮れてる、撮れてる」

美尋はスマホの画像を見て、満足げにうなずいた。そして、慣れた手つきでスマホを操作すると、すぐに画像を眞辺に送った。すると、当然のことながら、すぐ隣で眞辺のスマホがメッセージを受信した。

「あっ……つい癖で」

美尋はスマホを握りしめたまま苦笑いを浮かべた。そんな美尋を笑いながら、眞辺はスマホではなく空を見上げた。

「これからは、一緒に見られるだろ？」

美尋も眞辺と同じ方向へ顔を向ける。

「うん。一緒に見ようね」

空のキャンパスでは、すでに虹が白い雲に溶け込んでしまったのか、もう消えてなくなっていた。その代わり、太陽の日差しが雲を通り抜けて二人に注いだ。

美尋は手にしていたスマホをバッグにしまう。そして、目の前の景色を目に焼きつける。目に映るものすべてが輝いていた。

美尋は気づいた。隣に眞辺がいるだけで、自分の見る風景はいつもと彩りを変えるのだと。眞辺がいてくれるだけで、美尋の世界はいっそう鮮やかに色づいていく。

美尋は、またいつもの好奇心がうずき出すのを抑えられなかった。

これから先、どんな未来が待っているのだろうか。それはまだわからない。もしかしたらバラ色の人生とはいかないかもしれない。

けれども、どんな色であれ、眞辺と一緒に見られるのなら、美尋にとってはバラ色よりも鮮やかに輝くに違いない。

今、目の前に広がる空の色でさえ、見慣れてるはずなのに、自分の知らない色に見える。

「ねぇ、眞辺」

美尋が呼ぶと眞辺が「ん?」と返事をする。

「これからもずっと、私の知らない眞辺の色で私を染めて」

美尋は仕事中だというのに、自分からキスしてしまいそうになるのをなんとか我慢した。けれども、美尋の努力も無駄に終わる。

眞辺が美尋を引き寄せ、唇を重ねた。

「今日は……何色になる?」

眞辺の笑顔に美尋は微笑み、口を開いた。

「じゃあ、今日は……」

END

この作品は小説投稿サイト・エブリスタに投稿された作品を加筆・修正したものです。

エブリスタでは毎日たくさんの物語が執筆・投稿されています。(http://estar.jp)

私の知らない色
イケメン女子の恋愛処方箋

発　行 ……………………… 2017年10月25日　初版第一刷

著　者 ……………………… 橘いろか
発行者 ……………………… 須藤幸太郎
発行所 ……………………… 株式会社三交社
〒110-0016
東京都台東区台東4-20-9
大仙柴田ビル二階
TEL. 03(5826)4424
FAX. 03(5826)4425
URL. www.sanko-sha.com
カバーデザイン ……………… deconeco(小石川ふに)
本文組版 …………………… softmachine
印刷・製本 ………………… シナノ書籍印刷株式会社
フォーマットデザイン ……… softmachine

Printed in Japan

ISBN 978-4-87919-288-2

エブリスタWOMAN

生意気なモーニングKiss

坂井志緒

EW-054

27歳の須山希美は、〝律進ゼミナール〟の塾講師。会社から校長という待遇で異動を命じられ出世と喜んだが、そこは廃校寸前の不採算校、橋校だった。半年間で橋校の黒字化が出来なければ、希美は解雇、橋校のバイト講師・光浦康宏は大学卒業後、入社しなければならない取り決めをしてしまう——。

わたし、恋愛再開します。

芹澤ノエル

EW-055

永里樹は、高校生のときに交際していた朝日涼との失恋で恋愛に臆病になっていた。月日は流れ、30歳になった樹は仕事で朝日と再会。動揺する樹は、ある日5歳年下の同僚、霧島冬汰と酔った勢いで一線を越える。それを境に樹は霧島のことを意識するようになるが、朝日からもう一度やりなおしたいと告白され——。

フラワーショップガールの恋愛事情

青山萌

EW-056

花屋で働く22歳の深田胡桃は、店長に長年想いを寄せているが、告白できずにいた。そんなある日、ルーナレナ製薬のMR・須賀原優斗が予約していた花束を受け取りに来る。初めは優斗に興味を示さなかった胡桃だったが、何度か来店する優斗と次第に距離を縮めていくように——。

ご褒美は甘い蜜の味

桜瀬ひな

EW-057

26歳の穂積真由は、いつも誰かの〝一番〟になれない自分の恋愛に落胆していた。ある日、新しい上司・藤堂彬が転任してくる。厳しい仕事ぶりに、関わりを持ちたくないと思っていた真由だったが、時折見せる優しい顔に次第に惹かれていく。しかし、藤堂の左薬指に指輪がはめられていて——。

今はただ、抱きしめて

里美けい

EW-058

月岡百々子はイベントプランナーとして働く27歳。高校時代から付き合って9年になる宮瀬透と同棲しているが、仕事が忙しくすれ違う日々を送っていた。内心寂しくても、透との思い出を胸に気丈に振る舞っていたが、ある日家で透が女性に抱きつかれていて——。